” SINULLA ON SYÖPÄ ”

Leena Ruotonen

Kustantaja: BoD – Books on Demand, Helsinki, Suomi
Valmistaja: BoD – Books on Demand, Norderstedt, Saksa
ISBN 978-952-803-699-9

Kivi putoaa

”Sinulla on syöpä.” Sanat yllättivät. Syöpä putosi elämääni kuin kivi taivaalta. Miten näin saattoi käydä? Tappaako syöpä minut? Eikö mitään voida tehdä? Kuolenko minä?

Syöpä löytyi toukokuussa vuonna 2009. Alku oli katastrofi. Mitä sitten tapahtui? Siitä haluan kertoa. Tämä kirja on minun syöpätarinani.

Moni ihminen kuulee elämänsä aikana yllättävät ja pelottavat sanat: sinulla on syöpä. Minä olen yksi heistä. Kirjani on potilaan näkökulma sairastumiseen ja hoitoihin. Syövän sairastaminen oli kiinnostava ja mieleenpainuva elämys. Se oli myös yllättävä ja pelottava, ei aina kovin miellyttävä, välillä julma ja kovin jännittäväkin.

Aloitan kirjani siitä hetkestä, kun syöpä todettiin. Lopetan siihen, kun kaikki oli ohitse. Pääset mukaan tosielämän tarinaan.

Syöpää sairastaessani en taistellut enkä ollut erityisen optimistinen tai iloinen. En syönyt lisävitamiineja enkä ravitsemuslisiä, en juonut havupuu-uutetta tai koivunmahlaa. Olin potilas ja hoidon vastaanottaja. Kävin lääkärien määräämissä tutkimuksissa, minulta otettiin kymmeniä verikokeita, suoniini tiputettiin litroittain sytostaatteja ja muita lääkkeitä, söin satoja pillereitä.

Syöpä oli pitkä vaihe elämässäni. Hoito ja jälkiseuranta kestivät kokonaisuudessaan kuusi vuotta.

Mistä merkeistä voi huomata syövän? Miten sitä hoidetaan? Oksettaako? Millaisiin tutkimuksiin joutuu? Lähteekö tukka? Näitä asioita sairastuneet miettivät.

Kerron kirjassa omia kokemuksiani. Lisäksi siinä on matkan varrella hankkimaani tietoa sairastamastani syövästä ja sen hoidoista.

Sairastaessani kirjoitin blogitekstejä. Ne ovat kirjassani pohjana. Lääkärien lausunnot olen saanut epikriiseistäni Keski-Suomen keskussairaalan ja Jyväskylän yhteistoiminta-alueen terveyskeskuksen potilaana.

- Minulla on aina mukanani Usko ja Toivo. Minulla ei ole mitään hätää.

Näin sanoi tapaamani kokenut syöpäpotilas. Hän oli sairastanut syöpää yli kymmenen vuotta.

Sairastunut tarvitsee toivoa. Yksinäisyys väistyy, kun sairastunut kohtaa toisen syöpäsairaan. Syntyy uskoa siihen, että tulevaisuudessakin on elämää.

Tieto, sairaalan hoito ja lähimmäisten tuki. Näistä syntyy onnistunut syöpähoito.

Kun kuulet sanat "sinulla on syöpä", et voi etukäteen tietää, mitä tapahtuu. Minäkään en tiennyt. Tieni oli täynnä yllätyksiä ja odottamattomia tapahtumia. Tarinassani oli monta eri vaihetta. Näihin vaiheisiin pääset kirjan avulla kurkistamaan. Otan sinut mukaan myös sairastamisen aikana kokemiini tunnelmiin, tunteisiin ja ajatuksiin.

Kirjan tapahtumapaikat ovat Jyväskylä ja Helsinki. Sairaalat Jyväskylässä ovat Keski-Suomen keskussairaala, Kyllön terveyskeskussairaala ja Sädesairaala, joka on osa Keski-Suomen keskussairaalaa. Helsingissä olin Haartmanin sairaalassa. Kuopion yliopistollisessa sairaalassa kävin yhdessä tutkimuksessa. Kirjassa mainitaan nimeltä yksi henkilö, miesystäväni Leo.

Kirjan kirjoittamisessa ovat tukeneet ystäväni ja kaverini. He ovat lisäksi oikolukeneet tekstini. Olen saanut paljon palautetta, joka on auttanut minua eteenpäin. Kiitos heille! Kiitos kuuluu myös Kansan Sivistysrahastolle saamastani apurahasta. Keski-Suomen Syöpäyhdistykselle kiitos julkistamistilaisuuden järjestämisestä ja monista keskusteluista työntekijöiden kanssa.

1 Outo olo

Menin työterveyslääkärille ja sieltä keskussairaalan päivystykseen. Jäin sairaalaan tutkimuksiin.

- Teillä on pahanlaatuinen kasvain. Jäätte heti sairaalaan tarkempiin tutkimuksiin. Olemme varanneet teille paikan täältä keskussairaalan osastolta yksitoista.

Lääkärin katse väisteli minua. Seisoin työvaatteissani päivystyksen tutkimushuoneessa. Otsani oli hiessä, kuten tavallista tänä keväänä. Vilunväreet värisyttivät kehoani. Oli toukokuun 18. päivä vuonna 2009.

Olin ollut sairaalan päivystyksessä iltapäivästä saakka. Olin maannut päivystyksen vuoteella kuunnellen naapurivuoteista kuuluvia huokailuja ja kiroiluja. Sillä aikaa oli nuori naislääkäri järjestänyt asioita. Hän oli soitellut osastoille ja kenties vanhemmille kollegoilleenkin. Nyt minulle kerrottiin, miten jatketaan. Minulle oli tehty valmiit suunnitelmat. Nyt en voisi tehdä muuta kuin toimia niiden mukaan. Nyt alkoi tapahtua.

Päivystysosastolta minut siirrettiin liikkuvalla sairaalasängyllä osastolle. Siellä ylleni puettiin vaaleanpunaiset sairaalavaatteet - housut ja edestä avattava takki. Sopivaa kokoa olevia kenkiä etsiskeltiin. Pari sairaanhoitajaa pyöri ympärilläni ja autteli minua. Olin kolmen hengen huoneessa jossakin ison sairaalan syövereissä. Verhot erottivat vuoteet toisistaan, ja ympäriltäni kuului jo nukkuvien tuhinaa. Keväinen toukokuinen ilta oli vaihtumassa yöhön, oli koivunlehtien puhkeamisen aika.

Soitin vielä Leolle ja äidille:

- Olen nyt täällä sairaalassa ainakin huomiseen saakka. Tutkimuksissa pitävät täällä. Jotakin on löytynyt mahasta. Taitaa olla pahanlaatuista. Soittelen sitten huomenna lisää. Ei, ei, älkää tulko tänne käymään, ei tarvitse. Kaikki on hyvin. Hei hei!

Sairaus yllätti terveen ihmisen

Tämä aamu oli alkanut aivan tavallisesti. Olin mennyt työpaikalleni kouluun. Siellä olin pitänyt oppituntini normaalisti, istunut opettajainhuoneessa, kuunnellut vitsejä, juonut kahvia ja nauranut työkavereideni kanssa itselleni ja pullealle mahalleni.

Iltapäivällä olin lähtenyt työterveyslääkärin pakeille tarkoituksenani keskustella verenpainelääkityksestä. Olihan siitä jo parikin vuotta, kun viimeksi olin niissä asioissa käynyt lääkärillä. Ehkäpä outo oloni johtui siitä, että olin viikon verran ollut syömättä toista verenpainelääkettä. Oli muka ollut niin kiire, etten ollut ehtinyt hakemaan pillereitä apteekista.

Nyt samana iltana olin keskussairaalan potilas. En tiennyt, mitä tulevaisuus toisi tullessaan. Kaipa saisin seuraavana päivänä jonkun diagnoosin. Nukkumaan mennessäni tiesin, että minulla oli vatsassani pahanlaatuinen kasvain. Lääkäri oli maininnut sanan maligni. Ymmärsin sen tarkoittavan, että minulla oli syöpä.

Oloni oli muutaman viikon ajan ollut monin tavoin outo. Aikaisemmin toukokuussa 2009 luulin tulleeni "mummukuumeeseen". Kävin töissä erityisluokanopettajana, mutta vireeni ei ollut sama kuin aikaisemmin. En jaksanut innostua viimeisistä kouluviikoista seiskaluokkalaisteni kanssa. Kiirehdin iltapäivisin kotiin.

Oppilaiden henkilökohtaisten opetussuunnitelmien laatiminen tuntui ylitsepääsemättömän kovalta työltä. Asia vaivasi minua, samoin tieto, että todistukset pitäisi kirjoittaa ja mennä kevätjuhliin niitä jakamaan. Ensimmäistä kertaa koin työni raskaana. Ajattelin, että kai se jo ikäkin alkaa painaa, olinhan täyttänyt jo viisikymmentäkahdeksan vuotta.

Iltaisin etsin kuumemittarin esille. Vilutti, värisytti, olo oli tahmea. Korvamittari näytti 36.4 astetta. Sitä ihmettelin. Ei ollut kuumetta, vaikka oli kuumeinen olo. Mikä ihme flunssa minulle oli tullut? Pitäisikö mennä töihin vai jäädä kotiin?

Joka arkiaamu nousin, puin vaatteet, join aamukahvit ja kiirehdin kouluun. Mitäs tässä nyt kotona lepäilemään, terve ihminen! Ruokatunnilla heittäydyin opettajainhuoneen mukavalle sohvalle makaamaan. Minua niin väsytti. Kevätväsymystä varmaan, arvelin. Paljon oli töitä ja luokassa levottomat oppilaat, jotka odottivat kiivaasti kevätjuhlaa ja todistuksia.

Samoihin aikoihin alkoi suunnaton pään hikoilu. Iltaisin vesi pisaroi ohimoillani ja otsalta piti pyyhkiä hikeä. Öiseen aikaan vesi valui norona. Tähän hikoiluun ei raitis ilma auttanut. Kylmä vesihuuhtelu helpotti hetkeksi. Hikoilu kiersi otsalta selkään ja vyötärölle, lakanat kostuivat. Tällaista ei ollut aikaisemmin ollut, nyt sitten alkoi. Tästähän ne puhuvat, naiset, menopaussista: vaihdevuodet menossa, vaikka jo kuutta kymppiä lähestyin. Valvoin, mietin ja ikkuna auki kuuntelin lintujen keväisiä ääniä yöstä toiseen.

Myös vatsan ympärystä alkoi kasvaa. Paino nousi usean kilon toukokuun aikana, ja pallean kohdalla oli hurjan näköinen rengas. Seisoin tuijotellen mahaani: vielä sentään kengänkärjet näkyivät pullean vatsani alta. Muutaman kerran vatsaa väänsi ihan kunnolla. Maha tuntui turvonneelta. Olo oli outo, erilainen kuin aikaisemmin. Mikähän syöpä se tuolla minun mahassani myllää? Näin totesin työkavereille, vähän leikilläni.

Yritin itsekseni ja muiden avustamana arvailla erilaisia vaihtoehtoja oudolle ololleni ja mahan myllerrykselle. Ehdotuksia löytyi runsaasti: norovirus, iltainen ruisleivän syönti, laktoosi-intoleranssi, keliakia, liika kahvinjuonti, helikobakteeri. Mistä sitä voi tietää, mikä mahassa on, kun ei sinne näekään, mietiskelin itsekseni. Ei tuo nyt varmaan mitään vaarallista ole, koska ei ole kipujakaan. Vähentelin ruisleipää, join vähemmän maitoa, kahviakin aloin juoda vain aamuisin. Hiukan se tuntui auttavan. Toisinaan olo tuntui paremmalta.

Iltalenkillä liikkuminen alkoi tulla vaivalloiseksi. Mäkiä kiivetessä väsytti ja hengästytti. Jalka ei noussut, ja huohotin joka mutkassa. Raahauduin puuskuttaen Leon perässä ennen niin helpoissa pienissä mäissä.

Aamuisin heräsin yskään, ja illalla yskin viimeiseksi. Pitkittynyt yskä oli kiusallinen, raskas vaiva. Vaikka toisaalta sekin vain nauratti: no, nyt minä olen saanut sen sisäilma-allergian. Työpaikallani päivittäinen keskustelunaihe oli huono sisäilma ja siitä syntyneet ongelmat ja sairauslomat. Arvelin, että yskä johtuu homeallergiasta. Siitä oli työyhteisössä puhuttu paljon. Minä en sisäilmaongelmista ollut aikaisemmin kärsinyt. Mutta voihan sitä kai alkaa saada allergiaoireita milloinka vaan, arvelin. Tai sitten syynä yskään on siitepöly tai hiekkapöly tai joku muu syy. Onhan näitä…

Toukokuu kulki kulkuaan. Minä kävin töissä, lenkkeilin illalla ja ihmettelin oloani.

Yhtenä aamuna, siis vain yhtenä ainoana, minulla oli todella huono olo, oksettava, kuin äkillisessä mahataudissa. Lähdin kuitenkin töihin, koska illalla olin luvannut olla ruotsin tulkkina koulun Comenius-juhlassa.

Päivä kului koululla normaaliin malliin. Iltakin meni juhlissa ihan kohtuullisesti, vaikka oksettava olo jatkui. Tulkkaukset onnistuivat. Ruoka oli hyvää, mutta jälkiruokana olleiden lakkahillolla koristeltujen leipäjuustojen syöminen ei tahtonut onnistua. Illalla mahaa kiersivät myllertävät möykyt. Aamulla myllerrys oli ohitse. Tätä seuraavalla viikolla alkoi tapahtua.

Toukokuun 18. päivä oli kirkas ja lämmin kevätpäivä. Istuin välitunnilla opettajainhuoneessa kahvilla. Housut kiristivät, paita ahdisti, ja yskitti. Sain siinä mielijohteen näyttää työkavereilleni turvonnutta mahaani.

- Ei kai mulla ole ollut tällaista aikaisemmin? Kummallinen kumpu on tuo maha.

Vedin puseron ylös ja vyötärön paikan näkyviin. Siinä sitten yhdessä katseltiin paljasta, pyöreäksi turvonnutta mahaani ja vyötärönseutuani. Ehdotuksia tuli, humoristisesti heitettyjä: jospa sinulla on siellä vaan oikein iso pieru, et kai käytä liikaa alkoholia, potkii, potkii.

Yhdessä vitseille naurettiin ja juttuja jatkettiin. Mukavahan se olisi, jos olisi vain oikein iso pieru, oli ajatukseni.

- Eräällä tuttavallani oli munasarjasyöpä ja hänen mahansa oli tuollainen, totesi syöpäjärjestössä vapaaehtoisena toimiva työkaverini, kun hän jäi kanssani kahden kesken muiden lähdettyä oppitunnille.

- Samanlainen turvotus oli hänellä vyötäröllä silloin, kun syöpä löytyi.

Työterveyslääkärille

- Kannattaisi varmaan käydä näyttämässä mahaa lääkärille, sanoi työkaverini.

Olin jo varannut loppuviikolle työterveyslääkäriltä ajan verenpainelääkkeiden tarkistusta varten. Päätin aikaistaa käyntini ja soitin työterveyteen. Sain ajan samalle päivälle.

- Oletko juossut tänne? lääkäri ihmetteli, kun hän mittasi verenpaineeni.

Ei, en minä ollut juossut. Olin ajanut sinne autolla suoraan koululta, istunut rauhallisesti ja odotellut omaa vuoroani odotushuoneessa. Ajat olivat myöhässä, ja jouduin odottelemaan ainakin puoli tuntia.

Lääkäri oli mukava ja rauhallinen mies. En ollut aikaisemmin tavannut häntä. Hän kuunteli tarkkaavaisesi, kun kerroin mahasta ja siihen liittyvistä pohdinnoista sekä viikkoja kestäneestä oudosta olosta. Verenpainetta ja pulssia mittailtiin. Pulssini oli korkealla.

Muutenkin vaikutin hänen mielestään huonokuntoiselta. Olin edelleen hengästynyt, vaikka olin istunut jo pitkään käveltyäni lyhyen matkan autosta vastaanotolle.

Koetin keksiä lääkärille erilaisia selityksiä: Jospa nämä oireet johtuvat siitä, että toinen verenpainelääke oli ollut muutaman päivän lopussa? Voisiko olla vain stressiä näin keväällä? Olisinko nyt sitten kuitenkin saanut jotain ongelmaa kilpirauhasen kanssa? Sehän on tavallista, kun minulla on se struumakin.

Toista tuntia meni lääkärin vastaanotolla tavallisen kahdenkymmenen minuutin sijasta. Väsymyksestäkin keskusteltiin. Lääkäri kuunteli keuhkoja ja sydäntä, paineli paisunutta vyötäröä. Katse oli huolestunut.

- Sydämestä kuuluu pieni sivuääni.

- Minä lähetän sinut nyt keskussairaalan päivystykseen. Tätä täytyy alkaa selvittää tarkemmin.

Lähete jatkotutkimuksiin

- Mene suoraan sinne keskussairaalaan, hän muistutti vielä viimeisiksi sanoikseen lähtiessäni vastaanotolta.

Mukaani annettuun lähetteeseen oli kirjoitettu huomioita huonosta olostani, korkeasta sykkeestä ja väsymyksestä. Saisin vain pikaisesti viedä koululaukun kotiin ja hakea tarpeellisia tarvikkeita. Sen jälkeen piti nopeasti ajaa sairaalalle päivystävän lääkärin tarkempiin tutkimuksiin.

Soitin Leolle ja kerroin, että minut on lähetetty päivystykseen.

- Mut ei kai se mitään vaarallista ole, soitan sitten, kun tulen kotiin.

Ojensin kirjekuoren vastaanotossa. Minut käskettiin lepäämään verhojen taakse, ja tutkimukset alkoivat saman tien. Otettiin verikokeita ja sydänfilmi. Siinä makaillessa meni loppuiltapäivä ja alkuilta. Välillä kaksi lääkäriä kävi juttelemassa kanssani. Mietittiin yhdessä syitä huonoon olooni.

- Mitä itse luulet, että sinulla on? kysyivät lääkärit.

- Tämä on vain työstressiä, vastasin.

Muuta en itse osannut olotilastani sanoa.

Lääkärit totesivat, että samaa hekin ajattelivat. Veriarvot olivat hyvät, ja sydänfilmissä ei näkynyt poikkeavaa. Yhtenä vaihtoehtona voisi olla kilpirauhasen vajaatoiminta. Sitä pitäisi selvittää lisää. Suolitutkimuskin pitäisi ehkä tehdä, jos olisi vaikka suoli tukkeutunut.

Paikalle tuli myös ylilääkäri. Halusin näyttää hänelle turvonnutta vyötärön seutuani.

- Kyllä minä aina vähän pyöreä olen tästä mahan kohdalta ollut. Nyt tämä kumpu on viime aikoina kovasti kasvanut.

Hän koetteli vatsaani ja päätti, että seuraavaksi tutkitaan sitä.

Ultraäänitutkimus alkoi. Tutkiva lääkäri levitti geelit vatsalleni ja aloitti. Hän ei puhunut tutkimuksen aikana sanaakaan. Käsi liikkui hitaasti, ja katse seurasi keskittyneesti ja tarkasti monitoria, johon minulla itselläni ei ollut katseyhteyttä. Käsi oli jäykkä ja jännittynyt. Se kuljetti tutkimusanturia pitkään, pysähtyi monta kertaa. Kylmä geeli tuntui epämiellyttävältä. Tarkkailin lääkärin ilmeitä. Hän näki monitorissa jotakin erikoista. Tämän olin aavistavinani hänen olemuksestaan ja tiukasta ilmeestään.

Turvonneen mahani arvoitus alkaisi ratketa. Asiat olivat huonosti. Tiesin sen jo ultraäänitutkimuksen aikana. Lääkärikin oli kauhuissaan. Tunsin sen hänen jäykästä olemuksestaan.

Minut vietiin takaisin verhon taakse odottamaan. Sieltä verhon takaa soittelin Leolle ja äidille.

- Vielä kestää, ilmoittelen, kun on valmista.

Parin tunnin kuluttua vuoteeni vierelle tuli taas uusi lääkäri, nuori nainen. Niin nuori, että olisi voinut olla lapseni tai lapsenlapseni.

- Mitenkä voitte? Jaksatteko itse nousta siitä vuoteelta? hän kysyi minulta.

Ihmettelin mielessäni, että mikäs minulla oikein nyt olisi. Terveellä, samana päivänä töissä olleella ihmisellä. Tottahan minä nousta ja kävellä jaksan. Hän ohjasi minut erilliseen huoneeseen, ojensi kätensä ja sanoi rauhallisesti:

- Teidän löydöksenne on pahanlaatuinen. Teillä on kasvain. Olen pahoillani, kun joudun ilmoittamaan tämän.

Hänen sanansa olivat kuin suoraan amerikkalaisesta filmistä. Käsi, jonka hän ojensi minulle, oli kylmä, kapea ja kalpea. Kasvoilla näkyi jännitys, ahdistuskin. Hän käytti myös sanaa maligni selvittäessään lyhyesti sitä, mitä ultraäänitutkimuksessa oli näkynyt. Vatsassani oli maligni kasvain.

- Teille on varattu lisätutkimuksia varten paikka sairaalan puolelta. Teidän täytyy jäädä tänne saman tien.

Katsoin lääkäriä. Rintaani puristi, oli vaikea hengittää, päässä humisi.

- Onko se syöpää?

- Kyllä, se näyttää syövältä.

- Pitääkö se leikata?

- Sitä ei voi vielä tietää tässä vaiheessa. Pitää tutkia tarkemmin. Ja nyt teidät laitetaan tutkimuksiin.

Päässäni kaikuivat sanat: Sinulla on syöpä, sinulla on syöpä, sinulla on syöpä.

Olin sairastunut syöpään. Minusta tuli syöpäpotilas.

Sinä päivänä, 18.5.2009, päivystyspoliklinikan lääkärit ovat kirjoittaneet epikriisiini muun muassa näin:

Kello 16:13 Tulosyy. *Tulee lähetteellä takykardian, sydämen selvittämättömän sivuäänen, vatsakivun ja turvotuksen sekä defatigation vuoksi.*

Status. *Yleistila hyvä, asiallinen ja orientoitunut rouva. Sydämestä auskultoiden tasainen rytmi, systolinen sivuääni kuuluu. RR 130/84, pulssi 115, saturoi huoneilmalla 98. Keuhkoauskultaatio siisti. Vatsa pömppö, suoliäänet hyvin vaimeat.*

Suunnitelma *Vatsa siis pömppö, otetaan nyt vatsan natiivi-RTG, lisäksi THX-kuva. Voisi olla ileus.*

Kello 17: 34 Dec *THX-kuvassa normaali löydös. Vatsan RTG-kuvassa ei ilmaa vatsaontelossa, yksi pieni nestevaakapinta toisessa kuvassa, ei kuitenkaan herätä epäilyä ileuksesta. Lab.kokeissa HB 123, LEUK 7,9, TROMB 533, CRP 27, FiDD 1,7, InR 1.2 na 140 K3.9 ja KREA 66. Sydänentsyymit ei koholla. Pulssi edelleen korkea tasoa 115. Otetaan vielä vatsan UÄ ja ALAT, AFOS, BIL, TSA ja T4v, Hypertyreoosi voisi selittää tykyttelyn, koholla oleva CRP vielä epäselvä.*

Kello 19:47 Dec *TSH koholla 6.58, T4V 17, hypotyreoosi. Maksa-arvot normaalit. Vatsaontelon UÄ:llä vatsaontelossa askitesta, suolen välitilan täyttää carsinomatoottiselta vaikuttava* *kudos. Virtsarakon alapuolelle kuvautuu 6 x 4 –kokoinen niukkakaikuinen muutosalue, primäärituumori alavatsalla (ovario/ suolistoperäinen?) perna normaalikokoinen, siellä 1 cm halkaisijaltaan oleva pesäke. Munuaiset tavalliset, maksassa ei fokaalimuutoksia, sappirakon seinämät reaktiivisesti paksuuntuneet.*

***Suunnitelma** Potilas siirtyy nyt osastolle 11. Huomenna karsinoosin jatkoselvittelyinä CT-tutkimus. Rouvan kanssa keskusteltu tilanteesta.*

***DG** C78.6& Tarkemmin määrittelemätön pahanlaatuiseen kasvaimeen liittyvä askites*

2 Tutkimuksissa

Tutkimukset alkoivat keskussairaalassa. Gynekologian puolen onkologi antoi minulle diagnoosin.

Minulla ei ollut ileus eli suolitukos, kuten edellisenä päivänä oli arveltu. Tautini ei myöskään ollut sydänongelma, vaikka sydämestä kuului sivuääni ja pulssi oli ollut korkealla. Minulla oli syöpä. Vatsaontelossani oli askites-nimistä nestettä. Syöpä oli jo ehtinyt kasvattaa sinne kaksi näkyvää pesäkettä. Jäin työmatkaltani suoraan keskussairaalaan tutkimuksiin. Paikkani oli sisätautien osastolla kolmen naisen isossa, korkeassa huoneessa.

Makasin vuoteessani ja ihmettelin uutta ja outoa ympäristöä. Yritin katsella ympärilleni ja ajatella muutakin kuin päässäni kiertäviä sanoja: pahanlaatuinen kasvain, syöpä, syöpähoidot. Mietin työasioita. Todistukset pitäisi kirjoittaa, ja henkilökohtaiset opetussuunnitelmat. Kaikkea hommaa olisi. Kai tästä paranee. Voi olla, että töihin ei enää tänä keväänä pääse.

Osastolla oli kova kiire. Sairaanhoitajia kulki sisään ja ulos. Kaikenlaista pientä sattui. Naapurivuoteen mummo söi kahvitauolla hyvillä mielin tuoretta pullaa. Hänen olisi pitänyt paastota, koska edessä oli samana päivänä leikkaus. Raukka ei itse sitä asiaa muistanut, ja kukaan ei ehtinyt muistuttaa siitä. Ohuet verhot heiluivat sänkyjen välissä. Potilaat joutuivat haluamattaan kuulemaan ja näkemään kaiken, mitä huoneessa tapahtui.

- Syöpä on niin kova juttu, että ymmärrän hyvin, jos et halua jatkaa minun kanssani olemista, näin totesin vierailemaan tulleelle Leolle.

Enhän minä halunnut olla ristinä kenenkään elämässä. Yksinkin pystyisin sairauteni ja hoitojeni kanssa elämään.

Hän katseli minua ihmetellen. Miksi minä näin sanoin? Eihän syöpä ollut mikään syy erota. Ajatteli kai näin. Ei sitä siinä sen kummemmin selvitelty.

On vaikea kertoa, miltä minusta tuntui. Olin tilanteesta hämmentynyt, yllättynyt, yllätetty. Voi myös sanoa, että ei tuntunut juuri miltään. Jossakin syvällä sisälläni olin aivan kylmä ja tunnoton syövän edessä. Minulla syöpä? Ei kai. Miten ne voi sen muka heti tietää? Jollakin tasolla ajattelin, että voisin vaikka kuollakin. Syöpään kuollaan, näin puhutaan aina.

Olin kuitenkin kuullut paljon hyvää Suomen syöpähoidoista. En voinut uskoa, että kohtaisin kuoleman pitkään aikaan. Mietin, että hoitomahdollisuuksia on nykyään niin monia. Käytössä ovat sädehoidot ja leikkaukset, sytostaatit ja muut myrkyt. Lääkkeiden sivuvaikutukset olivat mielessä. Tuleekohan niistä huono vointi? Näin puhutaan. Tädilläni oli rintasyöpä, ja hänellä oli todella huono olo hoitojen aikana, ja hän sitten kuolikin. Mutta se oli jo monta kymmentä vuotta sitten. Mitenkähän on nyt? Ajatukset pyörivät.

Tutkimusten alku

Tutkimukset alkoivat kiireellisinä heti ensimmäisenä aamuna. Tietokonetomografiasta puhuttiin. Se oli minulle vieras sana ja vieras tutkimus. Uusi maailma, sairaalamaailma, alkoi avautua eteeni. Eilen, samaan aikaan aamulla, olin aloitellut päivän oppitunteja seiskaluokkalaisille. Tänään istuin pyörätuolissa sairaalavaatteissa ja olin toimintojen kohde. Minun puolestani päätettiin, ja minä tein mitä käskettiin.

- Se on nimeltään CT-kuvaus tai tietokonetomografia tai TT-kuvaus.

Hoitajat toistelivat minulle suunnitellun toimenpiteen nimeä. Jouduin kysymään sen useaan kertaan, koska en heti oppinut vierasta sanaa.

Pöydälle tuotiin iso kannullinen harmaata nestettä ja käskettiin juoda se. Sairaankuljettaja vei minut pyörätuolilla jonnekin kauas sairaalan sisälle, paikkaan, missä en koskaan ollut vieraillut aikaisemmin. Siellä oikean käden kyynärtaipeeseen laitettiin pelottavan näköinen kanyyli. Laskimosuoni löytyi helposti.

Tutkimuslaite oli iso ja miltei täytti tutkimushuoneen. Hoitajat auttoivat minut sen alle makaamaan. Kone liikkui hitaasti. Makasin sairaalavaatteissa selälläni harmaankeltaisen puolikaaren alla ja kuuntelin. Kone kehotti minua välillä hengittämään, välillä olemaan hengittämättä. Kanyylista tuli nestettä suoniini. Minua varoiteltiin etukäteen, että alavatsassa voi tuntua kuin olisi pissa housuissa, lämpimältä. Tavoitteena oli selvittää, miten laajalle edellisenä iltana löydetty kasvaimeni oli levinnyt. Tutkimus oli helppo, vaivaton, nopea. Hoitajien kertoman mukaan siitä tulisi paljon tietoa.

Tutkimuksen jälkeen minut vietiin pyörätuolilla takaisin osastolle ja vuoteeseen lepäämään, ympäröivää toimintaa seuraamaan ja jatkoa miettimään. Tuloksia ei kerrottu samana päivänä. En niitä olisi osannut kyselläkään.

- Tämä saattaa olla gynekologinen syöpä. Lähetetään teidät gynekologian puolelle onkologille jatkotutkimuksiin.

Näin totesi lääkäri seuraavan aamun kierrollaan kertoessaan tietokonetomografian tuloksista. Onkologisanaa selvitettiin. Se tarkoittaa gynekologisiin syöpiin erikoistunutta lääkäriä, sain tietää.

Naisten vatsaongelmat ovat usein gynekologisista elimistä lähtöisin, todettiin. Tutkimukset aloitetaan niistä.

Gynekologian osastolla minut otti huoneessaan vastaan luotettavan oloinen ja näköinen onkologi, gynekologian asiantuntija. Tietokoneen näyttöruudulla olivat esillä edellisenä päivänä otetut kuvat.

Gynekologinen tutkimus

Asettauduin tutkimuspöydälle, ja lääkäri aloitti ponnekkaasti tutkimuksen. Hän paineli turvonnutta mahaani ja otti ultraäänilaitteen esille. Tutkimusta tehdessään hän katseli monitoriaan ja puhui lähes taukoamatta.

- Joo, kyllä te meidän puolemme potilaita olette, aivan ilman muuta.

- Täällä näkyy selvästi olevan syöpää. Tämä näyttää munasarjasyövältä.

Koneen antura liikkui vatsallani liukkaan geelin päällä. Puhe jatkui:

- Tuolla on syöpää. Ja tuolla. Ja tuolla.

- Pernassa on syöpää.

- Maksan päällä ei näy syöpää.

- Tuossa näkyy selvästi verisuoni. Syöpä on alkanut kehittää sinne omia verisuonia. Niiden kautta se ruokkii itseään. Näin syöpä yleensä tekee.

- Synnytinelimet ovat huonosti näkyvissä. Oletan, että sieltä syöpä on lähtenyt liikkeelle ja levinnyt sitten näihin muihin elimiin.

Siinä minä makasin ja ihmettelin. Sain kuulla, että lähes joka paikka vatsani alueella oli täynnä syöpää. Näkyvissä oli useita verisuonia. Verisuonten kasvattaminen oli merkki siitä, että syöpäkasvaimet olivat alkaneet elää omaa elämäänsä.

Maksassa ei ollut syöpää. Kummallisesti se helpotti, vähän lohduttikin, siinä maatessa, kun sanottiin, että maksassa ei ole syöpää. Olin kuullut, että maksasyöpä on vaarallisin syöpä. Ei kai hätä nyt niin kova ole, koska maksassani ei ole syöpää, mietin.

Mitään en osannut tutkimuksen aikana sanoa, eikä minulta mitään kysyttykään. Loppuvaiheessa vastaanottoa yritin vähän kertoa voimakkaista yöhikoiluistani. Itse epäilin niiden jollakin tavoin liittyvän sairauteeni. Ne lääkäri kuittasi saman tien vaihdevuosioireiksi.

- Näitä kuumia aaltoja ja hikoiluja meillä kaikilla on, kun ollaan tässä vaihdevuosi-iässä, hän totesi.

Olin mielestäni huolehtinut itsestäni hyvin, kun olin käynyt säännöllisesti joka toinen vuosi gynekologilla. Pari vuotta aikaisemmin oli gynekologi minut tutkinut, mutta sillä kertaa ei tehty ultraäänitutkimusta.

Mietin, että miksi en ollut käynyt samana vuonna tarkemmassa gynekologisessa tutkimuksessa. Lääkärille menoa olin suunnitellut. Aika vaan oli jäänyt tilaamatta.

Yhtäkkinen harmitus iski mieleeni. Syöpä olisi voinut löytyä aikaisemmin, jos ultraääni ei edellisellä kerralla olisi jäänyt tekemättä. Oli oma syy, kun näin sitten löytyi gynekologinen syöpä. Tämän olisi voinut välttää, jos ultraäänitutkimus olisi tehty. Näitä mietin. Nyt oli liian myöhäistä korjata tätä asiaa.

- Meidän täytyy varata leikkausaika, oli lääkärin toteamus tutkimuksen loppuvaiheessa.

Hän alkoi tarkastella kalentereita tietokoneen näytöltä. Hän selasi edestakaisin sivuja ja etsi sopivia aikoja.

- Tuohon päivään ei sovi, sinne on jo varattu pitkä leikkausaika. Pitää mennä seuraavalle viikolle.

Lääkäri puheli itselleen, kai minullekin, näyttöä katsellessaan.

Hoitoa tarvitsevia potilaita vaikutti olevan paljon, ja leikkausajan löytymisessä oli ongelmia. Tämäkin vähän lohdutti – ei kai tässä nyt niin kiirettä ole, kun joudetaan odottamaan. Jos hätä olisi kova, niin kai se aika löytyisi jo tälle viikolle.

Lääkäri kertoi edessä olevan iso leikkaus. Sitä varten pitäisi varata pitkä leikkausaika. Seuraavalle tiistaille ei leikkaukselle tilaa järjestynyt, mutta sitä seuraavalta löytyi tyhjä paikka. Syöpäni leikattaisiin parin viikon päästä. Selvisi leikkaavan lääkärin nimikin. Hänen kalenteriinsa raivattiin tilaa poistamalla sieltä kiireettömämpiä tapauksia ja siirtämällä niitä leikkausvuorossa eteenpäin.

Minua varten merkittiin kalenteriin kahdeksan tunnin aika. Näkyvä munasarjasyöpä leikattaisiin ensin. Leikkauksen jälkeen annettaisiin sytostaatteja. Näin saataisiin elimistöstä pois pienetkin munasarjasyövän rippeet. Niitä näytti olevan ympäri vatsaonteloa. Tällainen hoitosuunnitelma minulle kerrottiin siinä lavitsalla maatessani.

Tutkimus oli lopussa. Sitten pääsin minäkin puhumaan.

- Mitäs minä nyt teen? Lähdenkö tästä koululle? Näin kysyin, kun sain suuni auki ja jotain sanottua.

Oli aamupäivä. Vielä ehtisin pitämään iltapäivän oppitunteja.

- Pitäisi tietää sairauslomasta, että voisi ilmoittaa työpaikalle. Sinne pitää varmaan palkata sijainen.

Lääkäri oli ensin hämmentyneen näköinen, mietti kai.

- Ei. Ette te nyt voi työhön mennä. Ette ole työkykyinen.

Hän lupasi antaa sairauslomaa lukukauden loppuun. Huolet todistusten kirjoittamisesta ja henkilökohtaisista opetussuunnitelmista minun piti nyt jättää koulun johtohenkilöiden huoleksi.

Muistin, että eräs puolitututtuni oli keväällä kuollut syöpään kuusi viikkoa sen jälkeen, kun sairaus oli todettu. Hänellä oli ollut levinnyt syöpä. Itse ajattelin tämän lääkärillä käynnin jälkeen, että näin se tulee myös minulle käymään. Minullakin on levinnyt syöpä, ja se on vielä pahaa laatua, munasarjasyöpä.

Vaikka en ollut syöpiin mitenkään perehtynyt, niin mietin, että levinnyt munasarjasyöpä ei hyvältä kuulostanut. Aina puhutaan siitä, että syöpä pitäisi löytää ajoissa. Tätä syöpää ei ilmiselvästi ollut löydetty ajoissa.

Minua ei pelottanut, ei itkettänyt, ei mitään. Olin lähinnä hämmentynyt ja tyrmistynyt. En voinut käsittää, mitä oli tapahtunut. Samalla ajattelin, että eiköhän tästä kuitenkin vielä jotenkin selvitä. Suomalainen syöpähoito voittaa.

Lääkärit kirjoittivat epikriisissä 18.-20.5.2009 muun muassa näin:

DG C56 Ca ovario? *Statuksessa yleistila hyvä. Vatsa huomattavan pömppö. Vatsan ultraäänessä ja CT-tutkimuksessa löydöksenä laaja-alainen peritoneaalikarsinoosimassa ja jonkin verran askitesta. Alavatsalla kuvautunut konstantti 8 cm x 4 cm kokoinen niukkakaikuinen muutosalue. Pernassa yksittäinen 1,5 cm läpimittainen metastaasiksi tulkittava muutos. Maksa pesäkkeetön, munuaiset ja haima tavalliset. Thoraxin alueella ei metastasointiin viittaavaa, vasemmalla hieman pleuranestettä. Ei selkeitä luustopesäkkeitä.*

Labroissa HB 130, CRP 27-31, KREA 59, NA 134, K 3,7, maksaarvot normaalit. Tehty gynekologinen konsultaatio. Mahdollisesti nyt primääristi ovariotuumori kyseessä. Kasvainmerkkiaineita tänään pyydetty ja jatkossa laparoskopia/laparotomia suunnitteilla diagnoosin ja leikkausmahdollisuuksien varmistamiseksi. Jatkohoidot gynekologian puolella.

3 Hoitojen odottamista

Minut lähetettiin munasarjasyöpädiagnoosin jälkeen kotiin odottamaan jatkotoimenpiteitä. Olin kotona pari viikkoa. Tilanteeni huononi. Jouduin lähtemään takaisin sairaalaan. Siellä tilanne muuttui.

- Voinko tehdä jotain hyväksesi? Voinko tulla käymään? Tarvitsetko jotakin?

Äitini, kaverini, ystäväni, tuttavani, rehtorini, työkaverini, kaikki ihmiset ympärilläni osoittivat sairastuneelle myötätuntoa. Puhelin soi, ja itse soittelin. Aikaa oli, koska olin kotona sairauslomalla. Keskusteluissa oli kuitenkin vaikea päästä syvemmälle. Kukaan meistä ei tiennyt munasarjasyövästä oikeastaan mitään.

Minulle olivat rintasyövät tutumpia, koska niitä oli ollut naapureilla ja monella puolitutulla. Äiti oli kertonut siskonsa rintasyövästä usein. Se oli ollut rankkaa aikaa sekä tädilleni itselleen että äidilleni. Muistin itsekin vähän hänen sairastamisajastaan ja kuolemastaan 50-luvulla. Häneltä jäi alaikäinen tytär, joka tuli meille vähäksi aikaa asumaan.

Työkaverini tuttava oli kuollut munasarjasyöpään. Hänelle oli jouduttu tekemään useita leikkauksia, ja häneltä oli poistettu useita elimiä. Sitten ei mikään ollut auttanut. Hän sai seitsemän vuotta elinaikaa diagnoosin jälkeen. Ehkäpä minun tilanteeni olisi samanlainen.

Uuteen elämään sopeutumista

Samana päivänä minut lähetettiin sairaalasta kotiin odottamaan jatkotoimenpiteitä. Leikkausaika oli varattu lääkärin kalenteriin. Aika oli kahdeksan tuntia. Suunnitelmana oli antaa sytostaattihoidot leikkauksen jälkeen. Mukaani olin saanut ison nipullisen pahoinvointi- ja kipulääkereseptejä sekä tietoja tutkimuksista, joita oli odotettavissa lähiviikkoina.

Sairaanhoitaja oli ystävällinen ja osanottavan näköinen ohjeita antaessaan. Hän neuvoi myös nopeasti, miten minulle määrätyt napapiikit pitää pistää. Tehtävänä oli työntää kerran päivässä pieni ohutneulainen piikki keskelle mahaa. Se olisi helppo tehtävä, josta pystyisin suoriutumaan itse. Tämäkin vielä, ajattelin, enhän minä tällaista osaa. Onneksi tuttavissani oli useampia sairaanhoitajia, jotka voisivat auttaa.

Ohjeita ja vieraita sanoja tulvi sairaanhoitajan suusta. Aivot sumuisena kuuntelin ohjeita. Toiset ymmärsin ja muistin, en kaikkea. Minua oltiin työntämässä kokonaan uuteen syöpämaailmaan. Sinne minulla ei ollut minkäänlaista halua lähteä. Tuli myös ruokaohjeita ja monenlaisia pieniä kirjasia. Päätin ottaa yhteyttä Syöpäyhdistykseen. Sieltä voisin saada munasarjasyöpää sairastaneen tukihenkilön kertomaan lisää ja selventämään saamaani tietoa.

Teimme sairaanhoitajan kanssa lyhyen tutustumiskierroksen osastolle. Hän esitteli minulle gynekologisen osaston sytostaattihoitohuoneen. Minä näin Danten helvetin. Tännekö minäkin joutuisin? Hikoilevat, kalpeat ja kaljut naiset istuivat vieri vieressä pienessä huoneessa. Heidän kapeisiin suoniinsa tippui erivärisiä nesteitä. Joku luki kirjaa, pari naista jutteli keskenään, muut istuivat hiljaa korkeissa sairaalatuoleissa. Huoneessa oli epämiellyttävän tunkkainen haju. Tämän pienen ahtaan huoneen sisäilmassa eli toivottomuus, ahdistus, pelko. Näin minä ajattelin. Hoitaja tuntui olevan ylpeä siitä paikasta: heillä oli oma sytostaattihuone gynekologista syöpää sairastaville potilaille. Se oli hieno juttu.

Ilmoitin rehtorille sairauslomani jatkuvan. Tietäisivät hankkia sijaisen lukukauden viimeisiksi kouluviikoiksi. En sinne enää tänä keväänä pääsisi.

Hammaslääkäriinkin oli kehotettu ottamaan yhteyttä. Pitäisi tarkistaa, ettei hampaissani varmasti olisi reikiä tai tulehduksia. Soitin terveyskeskukseen varatakseni ajan. Vastaus oli tyly:

- Ei, meillä ei ole moneen viikkoon yhtään vapaata aikaa.

Yritin selittää tilannettani, mutta asialle ei löytynyt ymmärrystä. Aikoja ei yksinkertaisesti ollut. Täytyi kääntyä yksityisen hammashoidon puoleen. Hampaat röntgenkuvattiin. Yksi hammas oli poistettava sen alta löytyneen tulehduksen takia. Harmillinen asia, mutta oli helppo hoitaa.

Koululla työkaverini olivat kauhuissaan, peloissaan, säikähtyneitä. Saatoin vain kuvitella heidän puheensa välitunneilla. He tiesivät tilanteeni ja olisivat jo ensimmäisen sairaalakäyntini aikana halunneet käydä tapaamassa minua. En ottanut heitä vastaan. En jaksanut enkä halunnut kohdata heitä. En tiennyt, mitä olisin sanonut heille ja miten olisin suhtautunut heidän ystävälliseen osanottoonsa. Heidän mielessään olivat naurut ja jutut opettajainhuoneessa viimeisenä työpäivänäni. Joitakin kuulemma hävetti vitsailut isolle mahalleni.

Jälkeenpäin kuulin, että joku oli itkenyt kuullessaan tapahtuneesta. Heille oli järkyttävää kokea, että kaveri, jonka kanssa oli tehty vuosikausia rinnakkain työtä, oli yhtäkkiä kuolemansairaana.

Oli europarlamenttivaalien aika. Olin aikaisemmin lupautunut vaalivirkailijaksi. Nyt jouduin virallisesti anomaan, että minut vapautetaan toimitsijan tehtävästä. Soittelin muillekin yhteisöille, joissa olin ollut aktiivisena. Kerroin, että en vähään aikaan osallistuisi kokouksiin. Kun sain kerrottua ihmisille tilanteestani, oli olo kaiken keskellä helpottunut. Saisin sairastaa rauhassa.

Olin heti sairastuttuani päättänyt, että kerron asian niin kuin se on. En itse ole koskaan ollut kovin syöpäpelkoinen. Tässä vaiheessa sairastumistani en ajatellut, että siihen kuolisin. Tuttavien kanssa jutellessa en kuitenkaan päässyt juuri pidemmälle kuin diagnoosiin saakka. En osannut kertoa heille enempää, koska en itsekään tiennyt mitään. En ollut vielä löytänyt internetin ihmeellistä syöpämaailmaa, mistä löytyy vastauksia kaikkiin kysymyksiin. Mitä tarkoittaa, että ihmisellä on munasarjasyöpä? Se oli vielä aivan pimeä kohta.

Tilanteeni huononi

Pian kehossani lonkeroitaan kasvattava syöpä alkoi näyttää merkkejään ulkoisessa olemuksessani. Mahani kasvoi entisestään, hengitys vaikeutui, yskä kiusasi yhä pahemmin. Peilistä katsoi sairas nainen. Kasvot olivat turpeat ja valkoiset. Yöllinen valvominen näkyi mustissa silmänalusissa. Rintojen alapuolella levisi valtavan pyöreä ja pöhöttynyt vartalo.

Asuin yksin poikani muutettua vuosi aikaisemmin opiskelija-asuntoon. Päivät makasin kotisohvalla televisiota katsellen. Äiti soitteli monta kertaa joka päivä. Hän oli huolissaan. Tiesin sen, vaikka hän ei oikein uskaltanutkaan tuoda huoltaan esille. Hän yritti esittää reipasta ja iloista, kuten hänellä oli aina vaikeissa tilanteissa tapanaan tehdä.

Toukokuun valoisat illat, kukkivat rentukat, lintujen innokas piipitys ja visertely sekä avoimena hohtava järvi houkuttelivat iltaisin ulos. Leon töistä tultua kävin hänen kanssaan lenkillä läheisillä tutuilla teillä ja rannoilla. Lenkkeily sujui hitaasti, koska kunto heikkeni ja kasvava mahanseutu painoi nivusia. Hengitys kulki huonosti. Vähän väliä tikahduttava yskänpuuska veti minut koukkuun. Lenkeillä pääsin puhumaan huolistani Leon kanssa ja piristyin, kun oli seuraa.

Turpoamisen vauhti oli nopeaa, ja olin kuin kaksosia olisin odottanut. Ensimmäisestä sairaalakäynnistä oli kulunut vasta muutama päivä, kun mahduin enää vain yhteen vaatteeseen. Onnekseni se oli lempivaatteitani: turkoosi, kaunis, kukallinen mekko. Farkkujen vetoketjua en enää saanut vedettyä ylös, ja alushousutkaan eivät mahtuneet pyöreää mahaa peittämään. Leo tuli apuun.

- Osta minulle kasa uusia alushousuja. Osta suurinta mahdollista kokoa.

Leo suuntasi pyynnöstäni tiensä halpahallien naisten alusvaateosastoille. En enää jaksanut itse lähteä kauppoihin. En voinut olla nauramatta hänen palatessaan: hän oli hankkinut kukallisia, vaaleanpunaisia, pikkulahkeellisia mummomallisia pikkuhousuja. Ne sain juuri ja juuri vedettyä leningin alle. Liikaa tilaa ei pöksyihin jäänyt.

Asuin asuinyhteisössä, jossa kaikki tunsivat toisensa. Salissamme vietettiin helatorstaina yhteisiä kevätjuhlia. En halunnut olla juhlista pois, vaikka ruokahalua ei juuri ollut ja muutenkin olo oli hutera. Olisihan siellä tiedossa myös musiikkia ja yhdessä oloa. Istuin salin sivusohvalla ja yritin olla huomaamattoman näköinen. Minusta tuntui, että en jaksa sanoa kenellekään sanaakaan. Olin jo kertonut useimmille syöpään sairastumisestani. Olin myös saanut apua piikkien pistämiseen yhteisössämme asuvalta sairaanhoitajalta. Napapiikkejä, sanoivat sairaalassa, minulla ne pistettiin rintaan.

Nivusia painavan vatsan kannattamiseksi suunnittelin kantamisviritelmiä. Kaapissani oli suuri määrä pitkiä huiveja. Sidoin niitä mahan ympärille ja yritin niiden avulla kannatella roikkuvaa mahaani. Yrityksissäni onnistuin huonosti. Tulipa siitäkin harjoitelmasta kunnollinen naurunhetki muuten niin rankkaan aikaan. Hoitojen alkamisen odottaminen oli todella raskasta. Kaksiviikkoinen ei tuntunut kuluvan millään.

Hakkaava yskä, joka minulla oli ollut jo sairaalaan mennessä, paheni. Se tuntui varsinkin aamuisin ja iltaisin. Nukahtaminen oli vaikeaa, ja aamulla tuntui kuin tukehtuisi. Korkea sykekin vaivasi. Se oli toista sataa joka kerta, kun sitä mittailin.

Kärsivällisyyteni loppui. Lähdin selvittämään yskän syytä keskussairaalan päivystykseen.

Päivystyskäynti

Olin soittanut päivystykseen etukäteen. Sieltä käskettiin minun tulemaan paikalle välittömästi. Leo lähti mukaani kuljettajaksi ja seuralaiseksi. Minulla oli vaikeuksia ajaa autoa, koska ison mahani takia käteni eivät enää kunnolla ylettäneet ohjauspyörään.

Päivystyksessä oli vastassa sama miespuolinen lääkäri, joka oli saanut tehtäväkseen minun leikkaamiseni. Keuhkoemboliaa ja keuhkoveritulppaa epäiltiin, ja tehtiin tutkimuksia sen selvittämiseksi. Tutkimuksen jälkeen todettiin, että mitään keuhkoveritulppaa ei vaikuttanut olevan tulossa. Yskä saattoikin olla vain ihan tavallista yskää. Siirryttiin käsittelemään syöpää ja tulevia leikkauksia.

Lääkäri pyöritteli koneelleen esille viikkoa aikaisemmin otetut CT-kuvat.

- Haluatko katsoa nämä CT-kuvat nyt? Voin kertoa sinulle, mitä siellä on näkyvissä.

Ei, en halunnut. Istuin kaukana näytöstä ja kieltäydyin katsomasta kuvia. Leo katsoi näyttöä. Lääkäri kertoi samalla sisäelimiini levinneestä syöpäsolukosta.

Itse mietin ja sanoinkin, että mitä se minua hyödyttää, vaikka kuvat näkisin. Syöpää on. Sitä on sen verran kuin on. Se pitää saada sieltä pois. Tuntui ahdistavalta. Enhän minä itse millään voisi saada syöpää pois sisältäni. Miksi minun pitäisi tietää siitä sen enempää?

Lääkäri siirtyi kuvien jälkeen puhumaan minulle suunnitelluista toimenpiteistä:

- Sinusta siis otetaan seuraavaksi koepala. Tällä viikolla näyttäisi olevan aika varattuna sitä varten.

Katsoin häntä hämmästyneenä:

- Ei, kyllä minulle on varattu suuri leikkaus. Pitäisi poistaa suoraan niitä sisäelimiä.

Lääkäri katsoi tarkemmin näytöltä ja totesi saman asian:

- Näyttääpä sittenkin siltä. Täällä on varattu leikkausta varten kokonainen päivä, ensi tiistai.

Minulle varattu kahdeksan tunnin leikkausaika riittäisi pitkään syöpäleikkaukseen. Siitä oli edellinen lääkäri minulle jo kertonut, ja niin se oli päätetty.

Poistuin sairaalasta mukanani lisää reseptejä. Beetasalpaajaresepti oli tärkein - jospa se helpottaisi hengitysvaikeuksia ja yskittävää oloa. Sen avulla saisi vähän sydämentykyttelyä vähenemään. Jäin vielä odottelemaan tarkempaa tietoa tulevasta leikkauksesta.

Muutaman päivän kuluttua päivystyskäynnistä, toukokuun loppupuolella, menin saman lääkärin vastaanotolle seuraavan kerran. Tällä kertaa olivat suunnitelmat selvinä. Suurta leikkausta ei tehtäisi vielä. Vatsassa piilevästä syöpämassasta otettaisiin vain koepala. Tämä toimenpide oli nimeltään laparoskopia. Kaksi pikkuhaavaa tehtäisiin vatsan alueelle, kumpaankin kylkeen. Sieltä otettaisiin kudosnäytteet. Haavat paranisivat nopeasti, ja koepalojen avulla saataisiin lisää tietoa. Lääkäri näytti kylkiäni ja paikkoja, joihin tekisi veitsellä viiltonsa.

Laparoskopian aika tuli. Se kävi helposti ja nopeasti. Sairaalaan ei tarvinnut jäädä. Vatsan keisarileikkaushaava avattiin ja koepala voitiin ottaa siitä. Sitä minä jälkeenpäin mielessäni kiittelin; ei tullut ihoon lisää arpia. Haava parani todella hyvin.

Minulle tehtiin myös munuaisten virtaamista mittaava koe. Se on epikriisissä mainittu GFR-tutkimus. Lääkäri oli selvittänyt, että sytostaattihoitojen alkaessa on tärkeää tietää tämä arvo, koska se kertoo munuaisten toiminnasta. Tämä oli mielestäni aivan pikkujuttu. Olin varma siitä, että minulla oli hyvät ja toimivat munuaiset, joissa ei ollut mitään vikaa. Varmistustoimenpiteen vain tekevät, tietysti, ajattelin.

Kyynärtaipeeni olivat kovalla koetuksella näiden viikkojen aikana. Kymmenet pikkupullot olivat täyttyneet, kun suonistani oli laskettu verta, jonka oli toivottu kertovan lisää tilastani. Käsivarret olivat violetinkukertavat, mustelmilla. Osa mustelmistani oli ihan omaa syytänikin, johtui tottumattomuudesta. En osannut painaa näytteenottopaikkaa käsitaipeessa tarpeeksi pitkään. Yhdellä näytteenottokerralla oli veri aivan syöksynyt ulos suonista ja samalla tahrannut farkkutakkini. Hätäisesti palasin takaisin näytteenottajan huoneeseen ja hain lisää paperia verenvuodon tyrehdyttämiseksi.

Kevätjuhlapäivä koitti. Minut oli kutsuttu entisen oppilaani ylioppilasjuhliin. En mennyt. En voinut mennä sinne näyttämään itseäni turvonneena ja pistelyjäljet mustelmaisissa käsivarsissa kuin narkomaanilla. Juhlapaikkakin oli toisessa kaupungissa, jonne en olisi pystynyt ajamaan itse autolla. Olin niin turvonnut, että takapenkilläkään en olisi jaksanut istua.

Sain sairaalasta kirjeen, joka sisälsi epikriisin. Revin kirjeen auki. Siinä luki, että minulla oli todettu alavatsalla 8 cm x 4 cm kokoinen muutos ja pernassa yhden senttimetrin muutos. Näistähän olin kuullut jo sairaalassa. Pieniähän nuo muutokset ovat, yritin ajatella optimistisesti. Ei muuta kuin odotellaan rauhassa leikkausta ja hoitoja.

Oksentaminen alkoi odottamatta aamuyöstä 7. päivänä kesäkuuta. Ehdin juuri ja juuri juoksemaan vessaan, kun mustat hallitsemattomat suihkautukset jo lensivät suustani.

Oli eurovaalisunnuntai. Leon piti lähteä vaalivirkailijaksi. Hän vei minut mennessään päivystykseen. Olin pahoinvoiva, hengitys kulki huonosti, sydän tykytteli ja turvonnut maha painoi ja vaivasi. Lyhyen tutkimuksen jälkeen minut vietiin osastolle.

Jäin sairaalapotilaaksi. Koska oloni oli niin huono, niin mietittiin, että oli parempi olla siellä odottamassa. Sytostaattihoitoni oli suunniteltu alkavaksi parin päivän kuluttua.

Epikriiseissä kirjoitettiin muun muassa näin:

Päivystyskäynti 24.5.2009. *Decursus Ei keuhkoemboliaa, jonkin verran pleuranestettä vasemmalla takasopen alueella. CRP 130, Kyseessä voi olla respiratorinen infektiokin tai sitten CRP nousuun perustaudista johtuvaa.*

Käynti leikkaavan lääkärin luona 28.5.2009 *Preoperatiivinen käynti. Yskä nyt helpottanut. CRP laskenut ollen 48. Päädytään siihen, että lähdetään laparoskopialla liikkeelle, avoin laparoskopia* *ja tarvittaessa ainoastaan tomia. Otetaan näyte ja aloitetaan sen jälkeen sytostaattihoidot. Pyritään saamaan GFR-tutkimus käynnin yhteyteen.*

***Dg** C56 Ca ovarii? **Leikkauskertomus 2.6. 2009.** Pystyviilto napaan. Preparoidaan faskia esiin ja tylpästi sormilla vatsaonteloon. Askitesta jonkin verran ja otetaan siitä sytologinen näyte. Troakaari vatsaonteloon ja täytetään kaasulla. Optiikka vatsaonteloon ja todetaan täysi karsinoosi, mitään gynekologisia elimiä ei saada näkyviin. Karsinoosia kauttaaltaan vatsaontelon alueella, Otetaan näyte navan karsinoomamuutoksesta. Faskian sulku PDS:llä ja ihoon sulava ommel.*

***GFR:n mittaustulos 5.6.2009.** Lausunto Radiologia RTG.GFR mittaustulos on 33,8 ml/min ja ihon pinta-alaa kohden laskettu 34 ml/1,73m2, mikä voimakkaasti alentunut.*

4 Toinen kerta sairaalassa

Olin keskussairaalan osastolla tarkkailtavana. Lääkärit tulivat huoneeseeni kertomaan yllättävän tiedon.

- Tauti on kova, mutta kovat ovat lääkkeetkin.

Näin oli lääkäri minulle sanonut edellisellä viikolla, kun kävin kuulemassa leikkaussuunnitelmista. Leo oli mukana. Ajattelimme, että kyllä se siitä. Kaikki selviää.

Olin ollut ja olin edelleenkin toiveikas. Syöpäni hoidettaisiin pois, leikkauksella, sytostaateilla ja sädehoidolla. Sairaanhoitajien ja lääkäreiden asenne oli ollut kaiken aikaa rohkaiseva ja toivoon kannustava. Paljon lupasivat sairaalasta mukaani annetut pikkukirjasetkin, joita lueskelin ahkerasti.

”Syöpä on kunnioitettava vastustaja, mutta meillä on keinot joko parantaa se tai taistella sitä vastaan ja tehdä elämä mahdollisimman hyväksi syövästä huolimatta.” Näin kertoi kirjanen Yksin yhdessä. Teksti jatkui: ”Tosiasia on, että suuri osa syövistä voidaan parantaa – mitä aikaisemmin todettuna, sen parempi.”

Oppaista ja lääkäreiltä hankittujen tietojen ja toivonkipinöiden varaan rakensin luottamusta tuleviin hoitoihin, tulevaan kohtalooni.

Tarkkailtavana

Pari viikkoa syövän toteamisen jälkeen olin joutunut toista kertaa keskussairaalaan. Olin siellä nyt tarkkailtavana, näin sanoivat. Huone oli tälläkin kertaa tavallinen kolmen hengen huone. Viereisellä vuoteella oli minua vanhempi puhelias rouva, jonka kanssa juttelimme niitä näitä, tutustuimme toisiimme. Hän oli paljon vaitonaisempi tautinsa suhteen kuin minä, joka kerroin tarkasti kaikista toimenpiteistäni.

Kuntoni tuntui vain huononevan ja hengityskin vaikeutui. Makasin tipassa ja yritin juoda ja syödä minulle tuodut ateriat. Ensimmäisestä sairaalakäynnistä lähtien olin ottanut ennen ruokailua pahoinvointilääkettä nimeltään Primperan. Sain tähän lääkkeeseen vihjeen toiselta potilaalta, kun olin kertonut hänelle kuvottavasta olostani. Hän kehotti minua pyytämään lääkettä, ja sitä sainkin heti.

Pahoinvointi, huono, vatsassa kiertävä olo, alkoi jo, kun vain haistoinkin ruoan tuoksua. Ilman lääkettä en pystynyt syömään lainkaan. En kyennyt kunnolla kävelemäänkään. Olin lyhyessä ajassa muuttunut voimattomaksi ja heikoksi. Jalkani eivät kunnolla kantaneet, mutta selviydyin sairaalaoloissa. Sängystä pääsin vielä ylös. Vessaan raahauduin laahustavin, hitain askelin. Suihkussakin pystyin käymään ilman apua.

Vatsanahkaa kiristi niin, että se tuntui repeävän. Nuori naislääkäri tutki minut tarkasti. Hän yritti selvittää voisiko punktoida mahaani, jotta tukala oloni helpottuisi.

Verikokeista tuli sairaalaoloon vaihtelua, samoin äidin ja Leon vierailuista. Kavereillekin soittelin, televisiota katselin, muiden huoneessa olijoiden kanssa juttelin. Päivät sunnuntaista tiistaihin matelivat, ja mitään ei tuntunut tapahtuvan. Pari tuttua keskussairaalan sairaanhoitajaa pyörähti luonani. Toinen kävi juttelemassa ruokatunnillaan, toinen toi poissa ollessani pienen posliinienkelin pöydälleni. Nämä käynnit ilahduttivat. Enempää en tarvinnut.

Minulla ei ollut mitään tietoa siitä, mitä seuraavina päivinä tapahtuisi. Minä vain odottelin. Aikaisemmin oli puhuttu suuresta leikkauksesta, mutta se oli muuttunut biopsian eli koepalan otoksi. Tuloksista en ollut kuullut. Ihmettelin tätä vähän. Ajattelin kuitenkin, että kai se syöpä sitä munasarjasyöpää on, kun siitä on ollut puhetta ja asia vaikutti ihan selvältä. Kai ne sytostaattihoidot olisivat seuraava toimenpide.

Yllättäen siirto toiseen sairaalaan

Olin mennyt keskussairaalaan sunnuntaiaamuna 7. päivänä kesäkuuta. Siellä odotin suunniteltujen hoitojen alkamista. Vointini oli niin huono, että minua ei haluttu lähettää kotiin.

Tiistaina 9. päivänä kesäkuuta, eli kaksi päivää myöhemmin, tuli vuoteeni vierelle kaksi lääkäriä. Toisen heistä olin tavannut kerran, toinen oli minulle vieras.

Kello oli noin kymmenen aamulla. Leo oli luonani vierailulla.

Verhot vedettiin vuoteen ympärille. Lääkärit olivat verhojen sisällä minun kanssani. Leo istui tuolilla vieressä.

Minä makasin vuoteellani, väsyneenä ja hikoillen.

- Onpa hyvä, että tekin olette paikalla. Tässä on nyt nimittäin perheneuvottelun paikka, aloitti toinen lääkäreistä keskustelun.

Lääkäri katsoi Leon suuntaan ja suuntasi sanansa hänelle. Leo siirtyi istumaan verhojen sisäpuolelle vuoteeni reunalle.

- Niin, nyt olemme todenneet, että mitään ei voida tehdä. Munuaiset eivät toimi ja emme voi aloittaa sytostaattihoitoa. Alamme etsiä teille jatkopaikkaa Kyllön sairaalasta.

Jotenkin näin kuuluivat lääkärin sanat. Kesti jonkun aikaa ennen kuin tajusin mitään. Tuijotin lääkäreitä. Näin se sittenkin meni. Minähän olin tämän kuitenkin arvannut. Olin niin sairas, ettei minulle voida tehdä mitään. Minä kuulin oikein, vaikka en heti kaikkea ymmärtänyt.

Lääkärit jatkoivat, me kuuntelimme. Meille kerrottiin sytostaattihoidoissa tarvittavan toimivia munuaisia. Munuaiseni eivät toimi. Se oli tullut selville aikaisemmin tehdystä munuaistutkimuksesta. Munuaissiirtoa ei voisi ajatella. Ei olisi eettisesti kestävää odotella uutta munuaista sytostaattihoitojen takia. Minulla oli laajalle levinnyt syöpä. Minä en selviäisi, vaikka saisin uuden munuaisen. Minua ei kannattaisi laittaa dialyysiinkään, koska siitä ei kuitenkaan olisi mitään hyötyä.

Näin sanottiin. Jotakin muutakin sanottiin. Ehkä sanottiin paljon muutakin, mutta jälkeenpäin on vaikea muistaa kaikkea sitä. Tuli yhtäkkiä paljon uutta asiaa ja vieraita sanoja.

Kysyin monia kysymyksiä, vaikka samalla pelkäsin vastauksia. Käytiin seuraavanlainen keskustelu:

- Kuolenko minä tähän?

- Kyllä kuolet. Tätä ei voida hoitaa.

- Miksi minä kuolen?

- Leikkausta ei voi tehdä, koska syöpää on niin paljon. Sytostaatteja ei voida antaa, koska munuaiset ovat lakanneet toimimasta.

- Miksi munuaiseni ovat lakanneet toimimasta?

- Sitä me emme tiedä. Mutta oletamme, että munasarjasyöpä on kietoutunut munuaisten ympärille ja tukehduttanut niiden toiminnan.

- Kuinka minä kuolen?

- Luultavasti niin, että sinun tajuntasi hiipuu vähitellen. Sitten vain nukahdat pois.

Kysyin myös, kuinka pian kuolisin. Vastaus oli, että sitä on vaikea tietää. Koska munuaiset eivät toimi, niin kuolema voi tulla lähes milloin tahansa. Aikaa voi olla pari viikkoa tai aika voi olla lyhyempikin, muutaman päivän.

Kuolemani tulisi luultavasti olemaan helppo ja kivuton. Kipulääkkeitä annettaisiin niin paljon, että minun ei tarvitsisi kärsiä.

Nyt minut suunniteltiin siirrettäväksi Kyllöön, terveyskeskussairaalaan, osastolle numero viisi. Tiesin, että siellä hoidettiin syöpäpotilailta. Siellä saisin oireenmukaista hoitoa. Minut siirrettäisiin terminaalihoitoon, sitä sanaa käytettiin. Itse ajattelin, että kuolevien osasto odotti.

- Syöpä syö, sanoi lääkäri.

- Näin sanottiin aina ennen. Varmaan olette itsekin sen huomannut olostanne viime päivinä.

Olinhan minä huomannut, että voimat olivat vähentyneet ja pahoinvointi ja kuvotus yltyneet. Olin ajatellut, että kai minulle annetaan pian jotakin hoitoa, koska olen sairaalassa.

Puhuttiin vielä siitä, miltä tuntuu, kun joutuu pian kuolemaan. Jotakin hämärää jäi mieleeni elämän rajallisuudesta ja sen hyväksymisestä. Itse muistan todenneeni lääkäreille, että olen elänyt hyvän elämän. Minulla on ollut viisikymmentäkahdeksan hyvää vuotta. Olen ollut onnellinen.

Näin lääkärillä tyytyväisen katseen, kun kerroin, että olin elänyt hyvän elämän. Hän toisti sen vielä, hymyili. Totesi, että ihmiset ottavat kuoleman niin eri lailla.

Tunsin itseni sairaaksi ja väsyneeksi. Olin valmis kuolemaan heti. Näin sairaana en enää pystyisi elämään. Tämän asian ymmärsin hyvin.

Lääkärien lähdettyä jäimme Leon kanssa kahden. Nojauduin häneen, tukehduttava tunne valtasi minut. En osannut ajatella mitään. Vähän sanoja vaihdettiin, hiljaisia hyvästijättöjä. Tähänkö tämä nyt päättyisi, meidän yhdessä olomme ja minun elämäni?

Leo lähti hakemaan paikalle äitiäni ja poikaani. Naapurivuoteen rouvan kuulin itkevän ääneen. Tilanne oli kummallinen. Voiko kaikkea tätä uskoa, minkä on kuullut?

Lääkäri tuli luokseni vielä useamman kerran. Emme päässeet keskusteluissa sen pidemmälle. Minulla ei ollut mitään uutta sanottavaa. Ei hänelläkään. Elämäni päättyisi terminaalihoidossa toisessa sairaalassa.

Epikriiseissä tältä ajalta on luettavissa muun muassa seuraavaa:

7.6.2009. *Potilaalla jo ennen leikkausta ollut hengenahdistusta, mikä ehkä leikkauksen jälkeen hieman pahentunut. Lisäksi vatsan turvottelu leikkauksen jälkeen hieman pahentunut. Ajankohtaisempana ongelmana nyt viime yön oksentelu, kahdesti oksentanut.*

Yleistila vielä kohtuullisen hyvä. Vastaanotolla potilas pystyy puhumaan melko pitkiä lauseita sekä liikkumaan tutkimuspöydälle. Kliinisesti keuhkoembolia ei täysin poissuljettavissa. Potilaalla kuitenkin Krea koholla 217. Konsultoitu takapäivystäjää. Otetaan potilas osastolle.

8.6.2009. *Potilas osastolla yleistilan laskun vuoksi. Todettu korkea Kreatiniini. Pystynyt kuitenkin syömään ja juomaan, tosin aputippa. Hb tasoa 106, Kreatiniini 206. Huomiselle on suunniteltu sytostaattiveret ja sytostaattien aloitus.*

Mietitään jatkoa. Kreatiniini Clearens-mittaus tehty 5.6.2009 ja siinä puhdistuma 14 ml/min., joka kriittisen matala. Potilas ei tällä puhdistumalla kestä sytostaattihoitoja. Entinen suunnitelma, huomenna laajennettu verikoepaketti ja kysytään paikkaa Kyllöön osastolle 5.

5 Kohta kuolen

Äitini, poikani ja Leo olivat kanssani sairaalassa. Suunnittelimme yhdessä, mitä kaikkea pitäisi tehdä kuolemani jälkeen. Minut siirrettiin keskussairaalasta Kyllöön.

Äiti ja poikani tulivat huoneeseeni tunnin kuluttua. Puolenpäivän aikaan tiistaina 9. kesäkuuta, tein läheisteni kanssa suunnitelmia. Puhuimme kuolemastani ja mitä sen jälkeen pitäisi tehdä. Lääkärit olivat kertoneet tilanteestani saman päivän aamuna.

- Tämä tuli niin puun takaa.

Poikani katse oli hämmentynyt. Leo oli hakenut hänet ja äitini paikalle. Poika oli ensimmäistä kertaa minua katsomassa sairaalassa. Hänellä oli myöhemmin samana päivänä yliopiston pääsykokeet.

Munuaiseni olivat lakanneet toimimasta, ja minua ei voitaisi enää hoitaa lainkaan. Syöpä oli voittanut. Olin saanut tietää kuolemani olevan aivan lähellä, ehkäpä jo muutaman päivän päässä. Nyt odotin siirtoa toiseen sairaalaan, jonne minulle oltiin järjestelemässä paikkaa.

Mitään ei ole tehtävissä

Äitini ja poikani istuivat hiljaisina vuoteeni vierellä. Lääkärit saapuivat yhdessä takaisin potilashuoneeseen.

Keskustelut käytiin sängyn ympärillä olevien verhojen sisällä, kaikkien muidenkin huoneessa olevien potilaiden kuullen. Mutta mitäpä siitä, ei se minua haitannut. Muita saattoi haitata sitäkin enemmän.

- Eikö mitään ole tehtävissä?

Äitini ääni oli hiljainen ja huolestunut. Hän oli, kuten tavallista, kohtelias kysymyksissään. Eikö tosiaan mitään voida enää tehdä? 80-vuotias äiti kuuli vielä kuukausi sitten täysin terveenä olleen esikoistyttärensä kuolevan muutamassa päivässä. Hänenkin elämänsä oli muuttunut lyhyessä ajassa toisenlaiseksi. Mikään ei ollut enää niin kuin ennen.

- Ei, mitään ei ole tehtävissä.

Lääkäri kertoi, että hän oli ollut takapäivystäjä viikonlopun ajan. Hän oli seurannut olotilaani siitä saakka, kun tulin sunnuntaiaamuna sairaalaan. Hän tiesi tarkalleen, millainen tilanteeni oli. Äidille kerrottiin samat asiat, mitä Leo ja minä olimme kuulleet vähän aikaisemmin. Hoitoja ei voida antaa, koska munuaiset eivät ole toimintakuntoiset. Syöpää oli paljon. Sitä ei voida siitä syystä leikata pois.

Kuolema tulee muutaman tunnin, päivän tai viikon kuluttua.

Minä makasin sängylläni ja yritin ymmärtää.

Vielä keskusteltiin tulevasta paikastani Kyllössä, terveyskeskussairaalassa. Nyt olisi mahdollisuus valita huonetta. Haluaisinko mennä isoon monen hengen huoneeseen vai haluanko yhden hengen huoneen? Seurallisena ihmisenä kerroin ensiksi haluavani isoon huoneeseen. Muiden potilaiden kanssahan olisi kiva rupatella. Aika menisi paremmin kuolemaa odottaessa.

Lääkärien lähdettyä juttelimme äidin ja Leon kanssa. Mikähän tällaisessa tilanteessa olisi parasta? Monen hengen huone olisi mielestäni minulle sopiva. Leolla oli toinen ajatus.

- Pyydä yhden hengen huonetta. Siellä on paljon rauhallisempaa. Voidaan käydä paremmin sinua tapaamassa.

Mitä tekee ihminen kuullessaan kuolevansa hyvin lyhyen ajan sisällä? Itselläni mielessä pyörivät vain käytännön seikat. Pitäisi nyt suunnitella niin monia asioita nopeasti, ihan yhtäkkiä.

Kävimme äitini ja poikani kanssa läpi järjestelyjä: hautajaiset, auto, polkupyörä ja muuta sellaista. Seuraavan parin tunnin ajan juttelimme asioista, mitä tuli sattumanvaraisesti mieleen. Tärkeitä ja vähemmän tärkeitä asioita. Vuokra-asuntoni sopimuksen irtisanomista mietin, samoin lehtien tilauksia. Mitäpä niitä turhaan maksamaan, heti vaan pitäisi sanoa irti kaikki sellaiset sopimukset.

Hautajaisten järjestämisessä auttaisivat varmasti naapurit, yhteisöni asukkaat. Ne voitaisiin pitää talon yhteistilassa. Pappina voisi olla alueseurakunnan pappi. Hän oli papeista tutuin.

Isän vieressä hautausmaalla olisi paikkani. Siellä äitini olisi helppo käydä. Paikka oli tuttu hänelle. Hän voisi muistella siellä meitä samaan aikaan. Minusta tuntui hyvältä, että saisin viimeisen leposijani parikymmentä vuotta aikaisemmin kuolleen isäni vieressä. Tuli turvallinen olo: eihän minulla mitään hätää ole, isän kanssa.

Kuolinilmoitus oli minulle tärkeä. Halusin sen paikallislehteen ja sen piti olla kaksipalstainen ja näkyvä. Tuttujen tuli saada tietää kuolemastani. Hautajaisiini pitäisi kutsua kuolinilmoituksella kaikki halukkaat. Ruotsiinkin piti saada viestiä, ja kutsua mukaan heidätkin, ruotsalaiset ystävät.

- Virsiä saatte miettiä myöhemmin, mutta eikö se ”Päivä vain ja hetki kerrallansa” olisi oikein sopiva? Hyvä virsi.

Virsiä en miettinyt enempää, mutta hautaustapaa pohdin. Pitäisikö olla polttohautaus vai tavallinen? Päädyin polttohautaukseen. Sanoin, että sehän on ekologisempaakin.

Hautajaisvierailijoille piti järjestää hyvät tarjoilut.

- Miettikää tarkkaan tarjoiluja. Ei järjestetä viinitarjoilua.

Entäpä talousasiat? Kaikki tämä maksaa, mutta ei hätää. Tililläni on kyllä sen verran rahaa, että hautajaislaskuista selvitään.

Äiti sanoi heti, että kyllä hänelläkin on rahaa tilillä. Sitä ei nyt tarvitse ajatella, hän huolehtii. Kirjoitin kuitenkin varmuuden vuoksi äidilleni saman tien valtakirjan. Sillä hän voisi nostaa tililtäni rahaa ja käyttää sitä kaikkiin tarvittaviin järjestelyihin. Naapurivuoteen järkyttynyt rouva, joka oli kuullut kaiken, todisti valtuutuksen.

Testamentin olin kirjoittanut jo monta vuotta aikaisemmin. Se oli turvallisesti pankin tallelokerossa.

Yhdessä selvitään

Pojan tilanne mietitytti. Siitä en sanonut hänelle itselleen mitään. Aikuinen mieshän hän oli, mutta äidillä on kuitenkin aina huoli lapsestaan. Kaksikymmenvuotias on vielä aika nuori. Olisi ollut hyvä saada olla hänen elämässään pidempään, kun toistakaan huoltajaa ei ole kuvioissa mukana. Mutta onneksi oli mummo.

- Yhdessä selvitään. Minä autan poikaa. Ei meillä ole hätää.

Äidin ääni oli hiljainen, puristeinen. Hän puhui itku kurkussa, reippautta teeskennellen.

- Kyllä minä selviän.

Pojan ääni oli hieman karhea, katse himmeä, rohkeasti ojensi itseään suoraksi, reipas itsenäinen nuori mies.

Äiti istui huoneessani vielä poikani lähdettyä. Minun oli vaikea puhua hänen kanssaan enempää. Vain näitä käytännön asioita käytiin läpi.

Voiko sitä noin vain sanoa rakastavansa äitiä ja olevansa kiitollinen kaikesta saamastaan hoivasta ja avusta. Erityisesti yksinhuoltajuuteni aikana äiti oli ollut minulle korvaamaton. Miten voisi sanoa olevansa kovin pahoillaan siitä, että kuolisi? En voisi auttaa häntä hänen vanhuuden päivinään. En haluaisi kuolla nyt vielä, kun niin moni asia oli kesken.

Lähestyvän kuoleman edessä tunsin myös kummallista helpotuksen tunnetta. Tämä oli etuoikeus. Saisin kuolla näin nuorena, saisin kuolla pian, noin vain, nopeasti ja kivuttomasti. Suomen vanhustenhoito oli pitkään ollut huonossa tilassa. Ei elämä palvelutalossakaan kovin mukavaa olisi. Nyt minun ei tarvitsisi kokea sitä. Pääsisin kuolemaan tässä helposti. Tunsin syyllisyyttäkin siitä, että pääsisin näin yksinkertaisesti pakenemaan elämästä.

- Olisinhan minä joutanut täältä lähtemään.

Äiti puhui hiljaisella äänellä.

- Minun elämäni on jo eletty. Mutta sinulla olisi vielä paljon tekemistä. Ja kun on tuo poikakin.

Mitäpä minä siihen olisin voinut vastata. Kuolemani ei ollut asia, jonka voisin päättää itse. Nyt oltiin muiden virtojen vietävänä. Elämäni oli nyt tässä. Se oli loppuvaiheessaan.

- Meillä on kaikilla oma aikamme täällä. Nyt minulle kävi näin.

Tunsin itseni järkeväksi. Rintaa puristi, huimasi. Olin uuden edessä. Kohta saisin oppia, mitä on kuoleminen ja kuolema. Jos tässä nyt niin käy, mitä lääkärit puhuvat.

Syvimmällä sisälläni kiersi kaiken aikaa epäilys. En minä voi noin vain kuolla. Niin ei vaan voi käydä.

Kerroin ystäville

Pakenin äidin kanssa keskustelemista kännykkääni. Täytyihän minun pitää muut ihmiset ajan tasalla. Tämä ajatus oli mielessäni. Minun on kerrottava kuolemastani kaikille. Minun on sanottava heille hyvästit.

- Tästähän selvitään. Leikataan ja hoidetaan syöpä pois.

Näin olin parin viikon ajan sanonut, kun olin kertonut syövästä tuttavilleni. Nyt viesti oli toisenlainen. Minä kuolen pian.

Soitin läpi lähes koko luettelon. Soitin ystävilleni, työpaikalle, naapureille, muille tuttaville ja kavereille.

Puhelut olivat lyhyitä, pikaisia tiedonantoja. Kerroin, että kuolen aivan lähipäivinä. Mitään ei voida tehdä. Tilanteeni on muuttunut nopeasti huonoksi. Minut siirretään terminaalihoitoon jo tänään.

Ystävät ihmettelivät ja olivat hämmästyneitä. Osa itkikin, toisten oli vaikea uskoa sanomaani. Ruotsalainen ystäväni halusi tulla tapaamaan minua sairaalaan. Hänelle se olisi ollut tärkeää. Kielsin sen:

- Et sinä ennätä tulla tänne. Minä voin kuolla koska tahansa. Sieltä on liian pitkä matka tulla. Et ehdi.

Matka Keski-Ruotsista Jyväskylään kestäisi melkein pari päivää. Ei ollut ollenkaan varmaa, tulisiko hän perille ennen kuolemaani.

Varmistin myös, että asuinyhteisöni asukkaat olisivat auttamassa hautajaisissa. Äitini, poikani ja Leo tarvitsisivat varmasti apua. Järkyttynyt ja hämmentynyt naapuri lupasi huolehtia hautajaisten järjestämisestä. Puhelu oli lyhyt, mutta siinä oli kaikki tarpeellinen. Asiat hoituisivat.

9.6.2009 13:19 Siirtoepikriisistä poimittua:

DG C 56.00& Munasarjasyöpä ilman histologista vahvistusta

Kyseessä 58-vuotias nainen, jolla perussairautena verenpainetauti. Toukokuun alussa nesteen kertymistä vyötärölle ja painon nousua. Todettu yllättäen laaja-alainen peritoneaalikarsinoosi ja jonkin verran askitesta. Alavatsalla 4 x 8 cm:n kokoinen niukkakaikuinen muutosalue sopien suoli- tai ovarioperäiseen muutokseen. Kasvainmerkkiaine Ca12-4 jonkin verran koholla, tasoa 850. 2.6. tehty avoin laparoscopia, jossa selkeä peritoneaalikarsinoosi kauttaaltaan, otettiin vain tuumorikudoksesta biopsia. Gynekologisia elimiä ei mahdollista saada erikseen näkyviin. Jo ennen leikkausta potilaalla myös hengenahdistuksen oiretta, 24.5.09 spiraali-CT: ssä ei keuhkoemboliaa ja jonkin verran pleuranestettä vasemmalla takasopen alueella. Leikkauksesta toipui ongelmitta, GFR 34 ml minuutissa ja tämä selkeästi matala arvo. Viittaa munuaisten vajaatoimintaan. Estää sytostaattihoitojen aloittamisen. Potilas tulee uudelleen voipumisen takia 7.6. ensiapuun, todetaan väsynyt potilas, joka jonkin verran oksentanut, yleistila merkittävästi huonontunut, tulovaiheessa Hb 106, mutta kreatiniini yli 200 ja elektrolyytit kunnossa. Potilaalle i.v. nesteytys ja sillä kreatiniinia saadaan laskemaan 130: een. Maksa-arvot kunnossa. Mietitään jatkohoitoa uudelleen. Potilaalla aggressiivinen karsinoosi, jossa voimakas munuaisen vajaatoiminta. Sytostaattihoitoja ei voida aloittaa, päädytään siirtämään potilas terminaalihoitoon Kyllön vuodeosastolle 5. Primperan-hoitoa saanut 10 mg x 3, leikkauksesta lähtöisin Klexane 40 mg X 1 on jatkettu ja närästyksen oireen vuoksi aloitettiin myös Gaviscon, toinen vaihtoehto olisi Somac. Thorax-kuva kontrolloitiin 7.6., eikä siinä merkittävästi vielä pleuranestettä. Myöskin askiteksen määrä on melko vähäinen, pömpötyksen taustalla enemmänkin tuumori. Ei askitespunktiota.

Hapen nälän tunteeseen suunniteltiin morfiinia per os 2,5 - 5 mg 4 tunnin välein, sitä ei vielä aloitettu. Kipuja potilaalla ei ole, joten kipulääkitystä ei listalla. Somac tai Gaviscon myös suunniteltava, mahdollisesti myös Magnesiamaito.

6 Siirto Kyllöön

Minut siirrettiin terminaalihoitoon Kyllön terveyskeskussairaalan osastolle viisi.

Oli kesäkuun 9. päivä vuonna 2009. Katsoin oven avautuessa potilashuoneen kelloa. Kello oli kolme iltapäivällä. Oli aika vaihtaa sairaalaa.

Päivä keskussairaalassa oli mennyt nopeasti. Oli kulunut viisi tuntia siitä, kun olin saanut tietää, että elämäni päättyisi pian.

Kaksi keltaliivistä hoitajaa astui paarien kanssa potilashuoneeseeni. Hoitajat halusivat minun asettuvan paareille makaamaan, jotta saisivat minut siirrettyä ambulanssiin. Pyysin pyörätuolia. Siinä minut olisi helpompi siirtää. Uusi huone ja vuodepaikka odottivat Kyllössä. Matka sinne oli lyhyt. Niin lähdin. Lähdin viimeiselle matkalleni, jonka tekisin elävänä.

Nousin itse pyörätuoliin istumaan, minut työnnettiin hissiin ja vietiin pihalla seisovaan ambulanssiin. Kuljetus ambulanssilla kohti viimeistä kotiani, Kyllön osastoa viisi, alkoi.

Kaiken tämän otin tapahtumahetkellä vastaan tyynesti, itseni sisältä jäädyttäen, alistuen. Ajattelin, että samahan se on, vaikka kuolen. Näin sairaana en kuitenkaan voi elää. Vatsani oli turvonnut pallo, ja en ollut muutamaan päivään pystynyt syömään juuri lainkaan. Hengitin vaivalloisesti huohottaen, hikoilutti ja yskitti.

Minua ei kaduttanut mikään, mitä olin elämässäni tehnyt. Minä en enää toivonut mitään. Kaikki oli valmista, ja tunsin, että voisin aivan yhtä hyvin poistua elämästä. Uskoin läheisteni pärjäävän minun jälkeeni. Elämä jatkuisi, minä vain poistuisin siitä.

Kun myöhemmin keskustelimme tästä päivästä, niin Leo ihmetteli monia lääkäreiden toimintaan liittyviä asioita. Erityisen hämmentävää hänelle oli ollut lääkärien hymyily, kun he kertoivat tilanteestani. Heillä oli kasvoillaan sama tasainen hymy kaiken aikaa.

Kiirekin mietitytti. Miksi oli niin kiire lähettää minut keskussairaalasta Kyllöön? Olin ajatellut, että syövän voittamiseksi taisteltaisiin enemmän. Miten nyt näin helposti luovutettiin?

Sairaalassa ja matkalla Kyllöön katselin itseäni jollakin tavoin ulkopuolelta. Tuntui kuin olisin ollut näyttelijä omituisessa amerikkalaisessa elokuvassa. Voiko tämä olla mahdollista? Eihän näin voi käydä oikeassa elämässä? Kohta kuolen eikä kukaan tee mitään kuolemani estämiseksi.

Uusi huone

Ambulanssimatka keskussairaalasta Kyllöön, syöpähoidoista terminaalihoitoon, kesti noin viisi minuuttia. Äiti tuli perässä kävellen. Leo oli mennyt hakemaan minulle kannettavaa tietokonetta. Poika oli pääsykokeissa. Hänelle ei tarvinnut pitää peukkuja, onnistuisi muutenkin. Näin hän oli itsevarmasti todennut.

Ambulanssi kaarsi Kyllön ulko-oven eteen. Matkan ajan makasin ambulanssissa pitkälläni. Pois lähtiessä minut autettiin takaisin pyörätuoliin. Itse en olisi jaksanut taivaltaa pientä matkaa ambulanssista osastolle. Tuskin jaksoin enää istua pyörätuolissakaan.

Näin pihalla Kyllön edessä tutun naisen. Nostin hänelle kättä ambulanssin nostolavalta. Olin tavannut hänet kerran sairaalassa ollessani ja siellä kertonut hänellekin tilanteestani. Yhdessä oli todettu, että eihän tässä mitään hätää, syöpähoidot ovat nykyään niin hyvät. Mieli teki huutaa, että katso tännepäin. Nyt minua viedään kuolemaan. En tehnyt sitä. Ääneni ei olisi kantanut hänelle saakka.

Kyllön ovella todellisuus iski tajuntaani. Minua, kuukausi sitten tervettä ihmistä, vietiin terminaalihoitoon odottamaan kuolemaa. Hoidot, ne hyvät suomalaiset syöpähoidot, oli minulta lopetettu. Kipulääkitystä luvattiin antaa. Elämäni pituus oli enää muutama päivä.

Kuinka tämä on mahdollista? Tämä ei voi olla mahdollista. Jossakin on tapahtunut virhe? Mutta mikä on se virhe ja missä? Ovatko kuitenkin jotenkin lukeneet väärän ihmisen papereita? Joku sekaannus on tullut jossakin.

Jos koetulokset näyttivät väärin? Munuaisten virtaamista mittaava koe oli mennyt huonosti. Sen olin tajunnut jo tutkimuksessa ollessani.

En ollut tiennyt, että vettä olisi pitänyt juoda runsaasti kotona ennen tutkimukseen lähtöä. Tutkimushuoneessa se oli minulle selvinnyt. Sitten olin juonut vettä nopeasti ennen kokeen tekemistä. Ehkäpä munuaisten huono toiminta johtui siitä, että vettä ei ollut elimistössä tarpeeksi. Tästä syystä tutkimus epäonnistui, ja tulos näytti väärin. Tämä pitäisi selvittää. Minullahan oli ihan hyvät munuaiset.

Väärää diagnoosia en epäillyt: turvonnut vatsani oli selkeä merkki munasarjasyövästä. Se oli näkynytkin selvästi kaikissa tutkimuksissa. Lääkärit sen näkivät.

Ambulanssinkuljettajat työnsivät minut pyörätuolissa hissiin ja hissillä ylös. Siellä avautuivat ovet valoisan näköiselle osastolle.

Terminaalihoidossa

Osastonlääkäri oli pitkänhuiskea ja ystävällisen näköinen nainen. Hän toivotti minut tervetulleeksi. Vierellä kulki useita hoitajia, jotka olivat minua vastaanottamassa. Minut vietiin osaston nurkassa sijaitsevaan yhden hengen huoneeseen. Sängyn lisäksi huoneessa oli televisio ja pieni pöytä ja tuoli. Ikkuna oli korkea ja kapea. Ulkoa näkyi punainen tiiliseinä ja kaistale sairaalan sementtipihaa. Oli pilvinen päivä. Näkymää katsellessani ajatukset kiersivät.

Tällaiseen paikkaanko minä jään loppuelämäkseni? Onko tämä viimeinen huone, jonka minä näen elämässäni? Tässäkö on viimeinen maisemani, Kyllön sementtipiha?

Totesin, että pöydälle mahtuisi kannettava tietokone. Sitä kautta, ja kännykälläni, voisin edelleen pitää yhteyttä ulkomaailmaan. Voisin vielä katsella kuvia muistakin maisemista ja kuunnella musiikkia ja tarinoita.

Seinällä roikkui kalenteri, josta saattoi repiä päiviä yhden kerrallaan. Kalenterista oli kolme edellistä päivää repimättä. Ilmeisesti edellinen huoneessa asunut potilas oli lähtenyt pois kolme päivää aikaisemmin. Hänkin oli kenties ollut huoneessa samasta syystä kuin minä; viimeisessä kodissaan ennen siirtymistään tuonpuoleiseen.

Tämä on sitten minun viimeinen kotini, mietin. Täällä sitten makailen muutaman päivän. Sitten tulee minun aikani: Hyvästi, elämä! Hyvästi, ihana elämä!

Revin kalenterin päivät oikean päivän kohdalle. Kalenterissa luki tiistai 9.6.2009, Ension nimipäivä. Menin vuoteelleni makaamaan. Äiti jäi istumaan tuoliin. Juttelimme jotakin yleistä:

- Kivahan tämä huone on.

- Onneksi on televisio. Ei tule aika pitkäksi.

- Surkeat maisemat ikkunasta.

- Toivottavasti pojan pääsykokeet menevät hyvin.

- Koskahan se Leo tulee takaisin?

- Pitäisiköhän tuoda vielä jotakin tavaraa tänne huoneeseen? Ehkä nojatuoli olisi hyvä.

Istuin sängylle ja jatkoin kesken jäänyttä soittelukierrosta. Papillekin soitin, alueseurakunnan kappalaiselle, ja pyysin häntä tulemaan sairaalaan. Hän voisi tulla jakamaan minulle viimeistä ehtoollista. Olin puheluita soitellessani miettinyt, että mitähän kuolevien pitäisi tehdä viime hetkinään. Siinä syntyi ajatus tutun papin kanssa käytävästä keskustelusta ja ehtoollisesta.

Pappi sanoi puhelimessa, ettei ehtisi samana iltana. Seuraavana päivänä voisi tulla.

- Huomenna voi olla jo liian myöhäistä, näin vastasin. Mitään muuta en hänelle osannut sanoa.

Välillä mietin äitiä. Kuinkahan hän jaksaa näitä hautajaisia? Onneksi saa apua naapureilta. Miten hän pärjää? Hän varmasti ikävöi minua kovasti. Ja poikaa mietin. Jo nyt kaipasin häntä. Miten on kuoleman jälkeen? Kaipaavatko kuolleet? Kaipaako hän minua? Entä Leo? Miten hänellä menee tämän jälkeen? Onko hänen ikävä minua?

Noin puoli tuntia äiti ja minä vietimme aikaa kahdestaan uudessa huoneessani. Äiti mietiskeli tuolissaan, minä juttelin puhelimessa ystävieni kanssa. Istuin vuoteella kännykkä kädessä selkä oveen päin.

Oven takaa kuului kiireisiä askeleita, korkojen kopinaa. Ylilääkärin korkojen kopinaa. Askeleet pysähtyivät oveni eteen. Mitähän asiaa hänellä oli näin pian tuloni jälkeen? Kuului nopea koputus.

Äiti istui tuolissa oven lähellä ja sanoi koputuksen kuullessaan:

- Sisään!

7 Yllätys

Istuin selkä oveen päin, kun lääkäri tuli sisälle huoneeseen. Lopetin puheluni ja käännyin häneen päin.

Lääkäri oli kiirehtinyt paikalle ja vaikutti hengästyneeltä. Hänellä näytti olevan jotakin tärkeää sanottavaa. Hän aloitti asiansa suoraan:

- Minulle soitettiin Sädesairaalasta äsken. Tilanne on muuttunut kokonaan.

- Koepala on nyt tutkittu ja tulokset ovat tulleet. Kyseessä onkin ihan toinen sairaus.

Äiti ja minä tuijotimme häntä. Mitähän nyt oli edessä? Taas jotakin uutta?

- Teiltä on löydetty lymfooma. Teille tulee siirto pois täältä meiltä.

- Tämä voidaan parantaa. Hoidot alkavat huomenna kello kymmenen aikaan Sädesairaalan puolella.

Lymfooma. Mikä on lymfooma? Minullako lymfooma? Mitä tämä on?

Sanan tunnistin sanomalehtien urheiluosastolta. Saku Koivu ja lymfooma. En tiennyt lymfoomasta mitään muuta kuin, että tunnetulla jääkiekkoilijalla Saku Koivulla oli ollut lymfooma.

Päässäni humisi. Tunsin, kuinka sydämeni alkoi lyödä tuhatta ja sataa. Yhtäkkinen helpotus, samalla järkytys, tuli kuin isku. Pelastus. Ehkä minulle sittenkin tulisi pelastus.

Saku Koivullakin oli ollut lymfooma. Hän parani lymfoomasta. Nyt hän oli täydessä pelikunnossa. Minäkin voisin ehkä parantua. Vai voiko näin sairas ihminen parantua? Ehkäpä hänelle, miljonäärille, voitiinkin antaa paremmat hoidot kuin minulle, tavalliselle syöpäsairaalle. Voiko tämä olla totta? Minähän olen niin sairas? Mitä nyt tapahtuu?

Äiti alkoi kysellä ensiksi. Ääni oli hämmentynyt ja kysymykset monet.

- Onko tämä nyt hyvä vai huono uutinen?

- Mikä sellainen lymfooma on?

- Voidaanko sitä hoitaa?

Lääkärin olemus oli vakuuttava ja rauhoittava. Hän katsoi meitä iloisen ja helpottuneen näköisenä, alkoi selvittää tarkemmin, mitä tämä uutinen tarkoitti.

- Tämä diagnoosi on erittäin hyvä diagnoosi, paljon parempi kuin munasarjasyöpä.

- Lymfoomassa saadaan nopeasti hoitotuloksia. Olo helpottuu pian. Sädesairaalassa saa hyvän hoidon.

Hyvää hoitoa saa, sen uskoin. Mutta voisiko minua hoitaa? Minulle oli aamulla sanottu, että hoitoja ei voi antaa.

- Entäpä ne munuaiset? Eihän minulle voida antaa mitään hoitoja, kun munuaiset ovat niin huonossa kunnossa.

Munuaisista ei olisi enää mitään ongelmaa, sanoi lääkäri.

- Lymfoomaan voidaan käyttää monenlaisia hoitoja. Sitä voidaan hoitaa, vaikka munuaisissa olisikin vikaa.

Voisinko minä kuitenkin parantua? Oli vaikea uskoa lääkärin sanoja. Voidaanko diagnoosi muuttaa noin vaan? Eikö minulla olekaan sitä munasarjasyöpää?

Miten tällaista voi tapahtua? Onko tämä totta? Ihmeellinen elämä. Pääsisin vielä hoitoon! Voisin ehkä sittenkin vielä parantua!

Rintaani puristi ja painoi. Humina päässäni yltyi. Lääkäri ja äiti juttelivat edelleen. Tuskin kuulin, mitä he sanoivat.

Sitten, itsellenikin yllättäen, alkoi minusta purkautua puristeinen itku. Se kumpusi jostakin hyvin syvältä sisältäni. Ensimmäisen kerran koko sairastamiseni aikana itkin.

Nousin vuoteeltani ja otin lääkäriä kaulasta kiinni. Äitikin nousi. Halasimme kaikki kolme toisiamme. Kyyneleet valuivat virtanaan. Itkimme kaikki yhdessä. Kuin Niagaran putous virtasivat kyyneleeni. Vielä ei ollutkaan edessä lopullisen hyvästijätön aika.

Ilta Kyllössä

Saatuani tiedon uudesta diagnoosista soitin Leolle:

- En minä kuolekaan nyt. Minulla on lymfooma. Menen huomenna Sädesairaalaan. Tätä pystytään hoitamaan siellä.

Puhelimesta kuului hetken hiljaisuuden jälkeen hämmentynyt ähkäisy. Nyyhkäykseksikin sen olisi voinut tulkita. Kaikki ei ollutkaan lopussa. Eroa elämästä ja ihmisistä, myös Leosta, oli tehty muutaman edellisen tunnin ajan. Nyt elämäni jatkuisi.

- Eikä kannata tuoda sitä läppäriä. Huomenna on siirto täältä pois, Sädesairaalaan. Ei sitä tänään täällä tarvita. Tule sinä itse vaan tänne, kun ehdit.

Tämän päivän olin ollut pian kuoleva terminaalihoitopotilas. Oli kulunut puoli tuntia siitä, kun minut oli tuotu kuolevien osastolle terveyskeskussairaalaan. Olin asettunut huoneeseen ja vähän jo asennoitunutkin terminaalihoitoon. Olin alkanut suuntaamaan ajatuksiani siihen suuntaan, että loppuaika olisi hyvin lyhyt ja viettäisin sen pienessä huoneessa osastolla viisi. Uuden tiedon jälkeen kaikki oli muuttunut. Elämää olisikin edessäni mittaamaton määrä.

Iltapäivän tunnit käytin taas puhelimessa. Soitto omalle pojalle kertoi, että hänelläkin oli hyviä uutisia. Yliopiston pääsykokeet olivat menneet hienosti, ja pääsy haluttuun opiskelupaikkaan oli taattu. Siitä iloitsin.

Sitten aloin soitella uudestaan kaikille niille, joille olin aikaisemmin kertonut nopeasti lähestyvästä kuolemastani.

Tilanne oli tragikoominen. Kohtasin vielä hämmentyneempiä ihmisiä kuin edellisellä soittokierroksella. Onko hän mennyt sekaisin vai mitä tämä on?

Veljenikin oli soitellut joillekin lähisukulaisille. Serkkuni itki valtoimenaan, kun puhuin hänen kanssaan. Kesti hetken saada hänet ymmärtämään, että tilanne olikin edellisen puhelinsoiton jälkeen muuttunut. Papillekin soitin ja peruutin hänen käyntinsä ja viimeisen ehtoollisen. En halunnut ajatella kuolemista nyt, kun minulle oli annettu uuden elämän mahdollisuus.

Sain puhelinsoiton keskussairaalastakin.

- Oletteko kuullut asian saamasta käänteestä?

Näin kysyi minulta lääkäri, joka oli tunti aikaisemmin kertonut meille, että mitään ei ole tehtävissä. Hän toisti jo aikaisemmin saamani tiedon: tilanne ei olekaan sellainen, kuin aikaisemmin luultiin. Sädesairaala aloittaa hoidot seuraavana päivänä.

Poika juhli hyvin menneitä pääsykokeita, äiti ja Leo istuivat kanssani kesäiltaa pienessä huoneessani. Olimme hämmentyneitä, iloisia, toiveikkaita. Mitä sanoja vaihdoimme, sitä en muista. Mietimme tapahtunutta ja kävimme läpi päivän hetkiä. Ehkä katselimme sivussa vähän televisiota, juttelimme ohjelmista, odotimme huomista. Ehkä vain nautimme elosta ja olosta. Saisin sittenkin vielä elää.

Iltapalan aikaan olin taas yksin. Kyllössä ei kämmenselkääni ollut kiinnitetty kanyylia ja kipujakaan ei ollut. Olin voipunut ja väsynyt ja samaan aikaan minut täytti jännittynyt odotus tulevista tapahtumista.

Viimeksi kuluneiden kolmen päivän aikana en ollut pystynyt enää syömään juuri mitään. Söin vähän jogurttia ja kaksi suullista teetä. Työnsin jogurtin lusikalla suuhuni ja pakotin itseni nielemään sen. Tällaisena ihminen ei voisi elää pitkään. Pystyisinkö enää koskaan syömään normaalisti?

Olin kuluneen päivän aikana keskustellut äitini, poikani ja Leon kanssa hautajaisteni järjestelyistä ja kuolinilmoituksen laatimisesta. Olin kertonut, mistä testamenttini löytyy ja mistä poikani voisi kysellä mahdollisia vakuutuskorvauksia. En ajatellut enkä pelännyt omaa kuolemaani enkä kuolemistani. Ehkä en koko aikana oikein uskonutkaan, että niin kävisi. Käytännön järjestelyjä miettimällä olin saanut karkotettua mieleeni pyrkivät tukalat ajatukset.

Yhden päivän aikana oli tapahtunut paljon asioita. Mieleni oli edelleen sekaisin päivän tapahtumista. En päässyt eroon kuoleman ajatuksista. Illalla yksin ollessani lääkäreiltä kuulemani sanat pyörivät mielessäni. Voi olla, että kuolet hyvinkin pian. Emme voi tietää, milloin kuolet. Aikaa voi olla vain muutama päivä.

Voisinko kuolla tänä yönä? Ehkä nukahdan nyt viimeiseen uneen. Jos en ehdikään Sädesairaalaan ajoissa. Miksi eivät lähettäneet jo tänään suoraan Sädesairaalaan? Eikö hoitoja olisi voitu aloittaa heti?

Olin aikaisemmin päivällä mietiskellyt, että mitähän minä täällä Kyllössä tekisin viimeiset päiväni. Tunsin olevani valmis kuolemaan. Olin ajatellut ajatukseni loppuun ja hyvästellyt ihmiset, joille halusin sanoa näkemiin. Miksei minulle olisi voitu saman tien antaa pilleriä, jonka avulla olisin voinut nukahtaa ikiuneen. Se olisi voitu antaa heti, kun huomattiin, että minua ei voida parantaa ja elinaikani olisi lyhyt. Minulla ei ollut enää mitään sanottavaa eikä ajateltavaa.

Nyt kaikki oli muuttunut. Halusin elää. Halusin tulla terveeksi. Minulle oli kerrottu, että elämäni voisi ehkä jatkua. Kuitenkin mietin kuolemaa. Se voisi tulla koska tahansa. Itse en voisi sitä estää. Miksi minulle ei heti aloiteta hoitoja? Miksi vasta huomenna? Silloin voi olla liian myöhäistä. Voin kuolla jo tänä yönä.

Ajatuskehän lopussa pääsin kerta toisensa jälkeen toteamukseen, että jos tänä yönä kuolen, niin sitten kuolen. Enhän minä tälle asialle voi itse mitään.

Siunattu nukahtamislääke tarjosi läpi yön kestävän unen.

Lääkärit kirjoittivat 9.6.2009 näin:

Lausunto 9.6.2009: *Potilas siirtyy Kyllön tk-sairaalaan vuodeosastolle 5. Täällä vointi kohtalaisen hyvä. Kipuja ei valittele. Vatsa pömppö. Pyritään mahdollisimman hyvään perushoitoon potilaan kohdalla.*

Kello15:30. *Lääkäri sädesairaalasta soittanut ja PAD-vastauksessa onkin ilmeisesti kyseessä lymfooma ja potilas siirtyy huo-*

misaamuna osastolle 31 hoitojen suunnittelua varten. Asia kerrottu potilaalle.

Hoidot aloitetaan potilaalla välittömästi ja potilas siirtyy osastolle 31 onkologin ohjeistuksen mukaisesti.

8 Sädesairaalaan

Minut siirrettiin Sädesairaalaan hoitoon. Tarkka diagnoosi selvisi, ja hoidot alkoivat tehokkaasti.

- Nyt tulee jo vähän kiire. Sinun täytyy lähteä heti taksiin.

Oli keskiviikko 10. kesäkuuta 2009, kello oli vähän vaille kymmenen. Hoitaja auttoi minua pukeutumaan omiin vaatteisiini. Sädesairaalasta oli hoitaja soitellut ja kysellyt, olinko kohta sinne tulossa. Minua odotettiin. Suunnitelmat olivat valmiina. Hoidot alkaisivat heti aamulla. Minun pitäisi olla jo lääkärikierrolla kuulemassa tilanteesta.

Tilataksi seisoi odottamassa terveyskeskussairaalan pihalla. Minut vietäisiin hoidettavaksi Sädesairaalaan. Tämä sairaala oli ajatuksissani aina ollut pelottava ja kammottava paikka. Nyt saisin siellä hoidot, jotka voisivat parantaa minut.

Sädesairaala on kaksikerroksinen sairaalarakennus muutaman sadan metrin päässä Kyllöstä. Siellä hoidetaan monenlaisia syöpäpotilaita. Minä olisin yksi heistä.

Taksinkuljettaja oli suomea murtaen puhuva avoin, reipas, kiharatukkainen mies. Hän nosti minut pyörätuolissa autoonsa. Lyhyen matkan aikana ehdimme jutella jo monet jutut. Tunsin, että sisälläni aivan kihelmöi. Minun oli aivan pakko puhua sairaudesta ja sairastumisesta kaikille, hänellekin tämän lyhyen matkan aikana. Muutaman minuutin kuluttua olimme Sädesairaalassa.

Osasto 31 löytyi talon alakerrasta. Nousin pyörätuolista ja astuin sisälle. Ovella oli vastassa hoitaja. Hän johdatti minut huoneeseeni ja jätti sinne vaihtamaan vaatteita. Vielä pystyin sentään itse riisuutumaan ja pukeutumaan, kun sain tehdä sen rauhallisesti.

Osastolla oli paljon hoidettavia. Pääsin kahden hengen huoneen seinustalle sijattuun ylimääräiseen vuoteeseen. Käytävilläkin näkyi sänkyjä, joissa makaili potilaita.

Toinen kanssapotilaistani, keski-ikäinen nainen, oli hoidossa uusiutuneen syövän takia. Hän esitteli kehostaan paikkoja, joihin syöpää oli levinnyt. Sormi osoitti rintaa, eri puolille vatsaa, olkapäähän.

- Kyllä sinä vielä tänä kesänä tanssilavalla pyörit!

Näin olivat lääkärit sanoneet hänelle ja luvanneet möykkyjen häviävän muutaman kuukauden sisällä.

Hänen kesänsä oli alkanut lupaavasti tanssilavoilla. Taudin uusiutuminen oli keskeyttänyt kesäkauden tanssit. CT-kuvasta oli löytynyt syöpäpesäkkeitä ympäri kehoa. Nyt hän kävi joka päivä sädehoidossa ja oli kohta menossa päivittäiselle käynnilleen sädehoitohuoneeseen. Toiveessa oli päästä loppukesästä takaisin lavoille.

Hän hymyili kertoessaan. Katsoin häntä ihmetellen. En osannut sanoa mitään.

Sairaalapappi, hänet tiesi papiksi papinkauluksesta, sattui olemaan paikalla juttelemassa potilaiden kanssa. Tyynen oloinen ja kuunteleva vaikutti olevan. Hän kääntyi puoleeni. Ehdin nopeasti kertoa hänellekin tilanteestani. Eilen sanottiin, että kohta kuolen. Tänään pääsin tänne hoitoon. Nyt tässä odottelen lääkäreitä.

Pappi ei asiaa sen kummemmin kommentoinut. Hän kuunteli vain ja toivotti hyvää jatkoa. Ehkä tapaisimme toisen kerran.

Sädesairaalan lääkärin kohtaaminen

Lääkärit tulivat kierroksellaan huoneeseemme. Kaksi keski-ikäistä, iloisen näköistä, rauhallista naista astui sisälle ja alkoi keskustella vuorotellen huoneen potilaiden kanssa. Toinen heistä oli syöpälääkäri, toinen oli erikoistumassa syöpähoitoon.

Viimeisenä oli minun vuoroni. Lääkäri tarttui minua olkapäästä ja halasi, toivotti tervetulleeksi, sanoi iloisesti:

- Ette te nyt tähän kuole.

- Tämä on parannettavissa oleva sairaus.

- Teitä aletaan nyt hoitaa.

Lääkäri teititteli kohteliaasti. Hän oli saanut lääkärin oppinsa Saksassa. Minä sinuttelin häntä, kuten aina muitakin ihmisiä.

Lääkäri kertoi minun sairastavan sairautta, jota tavataan ja hoidetaan kaksikymppisistä satavuotiaisiin. Hän oli itsekin pitkällä urallaan hoitanut jopa melkein satavuotiaita. Hoito oli onnistunut.

- Lymfoomaa pystytään hoitamaan. Siitä paranee.

Sain myös kuulla, että lymfoomia on useita erilaisia. Tarkempaa tietoa lymfoomani laadusta ei ollut vielä saatavilla. Sitä oltiin selvittämässä patologilla. Lopulliset päätökset hoitolinjoista tehtäisiin, kun diagnoosi olisi tarkentunut.

Hoito alkaa

Keskiviikkona, 10. päivänä kesäkuuta vuonna 2009 noin kello 11 alkoi lymfooman hoito Sädesairaalassa.

Munuaiset piti saada ensiksi toimimaan. Siihen oli olemassa lääkkeet. Heti lääkärien lähdettyä tuli paikalle sairaanhoitaja. Tippateline, sairaalassa sanoivat sulhanen, seisoi vuoteeni vierellä. Siihen ripustettiin muovipusseja täynnä nestettä. Entisen tyhjennyttyä vaihdettiin uusi pussi. Pussien neste valui elimistööni ohutta muovijohtoa pitkin kyynärtaipeessani olevan kanyylin läpi.

Näistä parista ensimmäisestä päivästä Sädesairaalassa muistikuva on sellainen, että olin tiputuksessa aamusta iltaan. Kerran jouduttiin yölläkin antamaan pari pussia punasoluja.

Lääkkeitä ei tässä paikassa säästelty. Monenlaisia pillereitä ladottiin pöydälleni erivärisissä muovisissa pikkukupeissa. Oli kipuja vähentäviä, pahoinvointia poistavia, illalla unen antavia ja syöpähoitoihin kuuluvia lääkkeitä. Lisäksi söin käytössäni normaalisti olevia verenpainelääkkeitä. Kortisonia sain alusta lähtien isoja määriä, muistaakseni peräti kaksikymmentäviisi pilleriä päivässä. Sain tietää, että näillä rauhoitetaan tilannetta elimistössäni ennen varsinaisen syöpähoidon aloitusta.

Ongelmana kortisonin syönnissä kerrottiin olevan se, että suuresta määrästä kortisonia voi joutua psykoosiin. Sitten rauhoiteltiin, että tilannetta tarkkaillaan kaiken aikaa. Minun ei siitä tarvitse hätäillä. Mielialani alkoi piristyä Sädesairaalan päästyäni. Se oli ainakin osittain kortisonin vaikutusta.

Sieraimiin laitettiin happiviikset hengityksen helpottamiseksi. Välillä mittailtiin kainalosta kuumetta, välillä etusormen päästä hapetusta. Punnitseminen kuului päivittäisiin rutiineihin. Vettä ja mehuja piti juoda monta lasia päivässä.

En halunnut vierailijoita Sädesairaalaan. Siispä luonani kävivät vain Leo, äiti ja poikani. Veljeni vaimonsa kanssa pyörähti paikalla kerran.

Sairaala järjesti minulle ohjelmaa ja hoitoa aamusta iltamyöhään. Mihinkään väliin ei mahtunut ylimääräisiä ihmisiä eikä muuta toimintaa. Loppuajan tarvitsin lepäämiseen, television katseluun ja puhelinsoittoihin. Tunsin itseni, erityisesti ensimmäisinä päivinä, niin heikoksi ja väsyneeksi, että en olisi jaksanut seurustella ja keskustella ylimääräisten vierailijoiden kanssa. Olin mielestäni myös niin kurjan näköinen, että en halunnut kenenkään katselevan itseäni sellaisessa olotilassa.

Alueseurakunnan pappi otti yhteyttä ensimmäisenä aamuna. Hän oli hämmentynyt edellisen päivän puhelinsoitoista ja kysyi, voisiko hän tulla nyt. Pyyntöön vastasin kielteisesti. Minua hoidettiin. En minä ehtinyt kenenkään kanssa keskustella.

Ihmettelin elämäni ja viimeisen vuorokauden erikoisia käänteitä. Edellisenä päivänä samaan aikaan minulle oli kerrottu, että kuolisin pian. Olin viettänyt yöni kuolevien osastolla. Nyt suoniini tiputettiin lääkkeitä, joiden avulla pääsisin uuden elämän alkuun. Elämä oli ennalta arvaamatonta!

Sinulla on syöpä

Seuraavana aamuna tautini tarkka nimi jo tiedettiin. Patologi oli antanut lausuntonsa ja diagnoosi oli nyt selvitetty. Minulla oli DLBCL.

Juuri tätä diagnoosia sanoivat Sädesairaalan lääkärit jo aikaisemmin ounastelleensa. Siihen oli viitannut se, että olin mennyt hyvin nopeasti huonoon kuntoon. Sairauteni oli aggressiivinen, nopeasti etenevä lymfooma. Sen hoitamisessa ei saanut viivytellä.

- Mitä? Mikä? Diffuusi lymfooma. Mikä sellainen tauti on? En ole koskaan kuullut puhuttavankaan. Mistä se on tullut?

Minulla oli monia kysymyksiä.

- Niin, mistä se on tullut? Mistä nämä taudit tulevat?

Lääkäri vastasi kysymyksiini kysymyksillä, jatkoi:

- Syytä ei voi tietää. Näitä sairauksia ihmisille vain tulee.

- Kirjoita nyt se taudin nimi jollekin paperille, että voi kertoa kavereille. Eihän tuota voi muistaa.

Hän kirjoitti diagnoosini minulle pienelle lapulle:

DIFFUUSI
SUURISOLUINEN
B-SOLULYMFOOMA

– vatsakalvolla ja
pernassa

Ja sitten toteamus kollegalle:

- Aloitetaan ärtsoppa tänään.

- Niin, aloitetaan siis mikä? ihmettelin minä.

- R-CHOP selvensi lääkäri. Se on nimeltään lääkekuuri, joka sinulle annetaan.

Alan nyt aavistella. Onko tämä lymfooma sittenkin syöpä?

- Onko ne sellaisia lääkkeitä, että niistä lähtee tukka?

- Kyllä, hiukset lähtevät, mutta kirjoitetaan täältä sitten peruukkiresepti.

- Onko tämä sitten kuitenkin syöpä?

- Kyllä, lymfooma on syöpä. Teillä on imukudossyöpä.

Minulla oli sittenkin syöpä, vaikka ei ollutkaan munasarjasyöpä.

Lymfoomani levinneisyys piti selvittää nopeasti. Aikaisemmin minulle oli tehty ultaraäänitutkimus ja CT-kuvaus. Minusta oli myös otettu koepala. Sen tulokset olivat nyt lääkärien käytettävissä. Nämä tutkimukset eivät riittäneet, vaan pitäisi selvittää myös luuston tilanne. Sinnekin syöpä saattaisi olla tunkeutunut. Siellä piileviä möykkyjä ei ollut tavallisissa tietokonetomografian kuvissa näkyvissä.

- Teistä otetaan luuydinnäyte.

Muistin hämärästi jostain joskus aikaisemmin kuulleeni, että se on aika kivulias ja hurja toimenpide. Tiesin pelätä sitä etukäteen. Kokemus, joka minulle sairaalassa tarjottiin, todisti, että tällä kertaa pelottelijat olivat olleet oikeassa. Hurjahan se kokemus olikin, ainakin minulle.

Lääkärit yrittivät helpottaa tilannetta laskemalla leikkiä ja juttelemalla rauhoittavasti. Kai minulle joku esilääkityskin annettiin. Tuntui kuitenkin, että sillä ei ollut minuun mitään tehoa. Minut työnnettiin sängyssäni toimenpidehuoneeseen. Asetuin siellä makaamaan mahalleni kovalle kapealle tutkimuspöydälle.

Iho puhdistettiin. Puudutuspiikki tunkeutui selkääni. Sen jälkeen sinne iskettiin joku vielä paksumpi piikki. Kuin puukkoa olisi työnnetty ja käännelty – ja se kesti ja kesti. Pahimmalla hetkellä lääkärit sanoivat, että nyt sitten voi vaikka laulaa luulaulua. Minä tietysti, kalevalaisesta runosta innostunut, aloin laulaa jollottaa kalevalaisittain:

- Luuta porataan, luuta porataan!

Hengenahdistuksen syy selvisi

Jokaiselle päivälle oli minulle varattu uusia kokemuksia. Yhtenä päivänä olivat vuorossa keuhkot. Hengenahdistustani oli tähän asti yritetty hoitaa happiviiksillä. Se ei auttanut. Tutkimuksissa huomattiin, että keuhkoissa oli nestettä, mikä voitaisiin poistaa.

- Pitää imeä nesteet pois keuhkoista, niin on helpompi hengittää.

Lääkärillä oli mukanaan ohut, pitkä ja notkea letku, silikonia kuulemma. Ohje oli yksinkertainen: paita ylös ja sängyn laidalle istumaan. Lääkäri seisoi selkäni takana vati ja letku kädessään. Hoitaja avusti.

- Nyt pistää. Nyt tuntuu hyttysen pisto.

Selkään työnnettiin puudutuspiikki. Toinen hyttysen pisto tuli perään, kun putki työntyi keuhkoihini. Toden totta: se toimenpide ei muulta tuntunutkaan kuin pieneltä hyttysen pistolta. Keuhkoissa ollut neste valui putkea pitkin ulos. Tuloksena oli reilut puoli litraa kellertävää ainetta, joka lähetettiin tutkittavaksi. Nyt saatoin taas hengittää kunnolla.

Aikaisemmin oli selvinnyt, että lymfoomaa oli pernassa ja vatsakalvolla. Patologi tutki keuhkoistani imetyn pleuranesteen. Tutkimuksen jälkeen tiedettiin, että lymfoomaa oli myös keuhkoissa.

Keskussairaalan lääkäri oli ollut vakuuttava ja vakuuttunut munasarjasyöpädiagnoosista. Ensimmäisinä päivinäni Sädesairaalassa minun oli edelleen vaikea uskoa, että minulla ei olisi sitä. Voisiko elimistössäni olla kaksi eri syöpää? Miten ne verisuonet sieltä muuten olisivat näkyneet? Eihän lymfoomassa ole verisuonia. Jos koepalassa onkin näkynyt vain lymfoomaa, muualla on lisäksi munasarjasyöpää.

Pelkäsin vastausta, mutta kysyin kuitenkin:

- Onko ihan varmaa, ettei minulla ole myös munasarjasyöpää?

Lääkäri oli ihmettelevän oloinen. Miten minä nyt sellaista alan kysellä. Diagnoosihan oli annettu.

- Ei teillä niin huono tuuri voi olla, että olisi yhtä aikaa kaksi syöpää. Ei, teillä ei ole munasarjasyöpää.

Minulla oli vain yksi syöpä, laajalle levinnyt imukudossyöpä eli lymfooma. Lymfoomamassaa oli runsaasti vatsakalvolla, pernassa ja keuhkoissa. Minua hoidettiin. Minä voisin parantua kokonaan.

Jos saisin itse valita syöpäni, niin valitsisin lymfooman. Lymfoomaan sairastuminen on kuin lottovoitto, jos sitä vertaa muihin syöpiin. Näin olen kuullut lääkäreiden sanovan.

Minä sain lottovoiton, vaikka sairastuinkin syöpään. Todella vakava, kuolemaan johtava laajalle levinnyt munasarjasyöpä muuttui tarkemmissa tutkimuksissa lymfoomaksi. Tunsin joka kerta suurta iloa, kun ajattelin lääkärin sanoja: tämä voidaan parantaa.

Potilaana

Sädesairaalan valoisissa ja korkeissa huoneissa oli helppo hengittää ja olla. Potilashuoneet olivat yhdelle, kahdelle tai kolmelle hengelle. Sain ilokseni olla koko ajan usean hengen huoneessa. Niiden ilmapiirissä viihdyin erinomaisesti. Syöpäsairaat muodostivat eräänlaisen yhteisön. Siellä oli helppo olla oma sairas itsensä. Huonekaverit vaihtuivat. Jotkut vain käväisivät hoidoissa päivän tai pari, toiset viipyivät pidempään.

Potilaana kuuli ja sai tietää monia asioita sekä lääkärien kierroilla että suoraan huonekavereilta itseltään. Ohuet verhot olivat huono este potilaiden tietosuojan kannalta. Potilaat itsekin kertoivat tilanteestaan useimmiten avoimesti.

Joskus heräsin yöllä siihen, kun viereeni saateltiin hyvin sairaita korkeassa kuumeessa olevia potilaita. Heidän tilannettaan seurattiin tarkasti. He olivat olleet sytostaattihoidossa. Nyt he olivat saaneet infektion, jota piti hoitaa suoniin tiputettavilla antibiooteilla.

Tapasin myös heitä, joita syöpäkivut vaivasivat ja joille etsittiin keinoja kivun lievittämiseen. Erään potilaan luista oli alkanut erittyä vereen kalsiumia. Tästä seurauksena hänellä oli kovat kivut. Tarvittiin lääkitystä kalsiumin poisvetämiseksi.

Mietin tulevia viikkoja. Tiesin, että minulla oli edessäni pitkä hoitorupeama, mutta sitä en tiennyt, mitä sen aikana tapahtuisi.

Monet jutut sairaalassa itkettivät, mutta monet jutut naurattivatkin. Olin hyvin huvittunut, kun jouduin pakostakin seuraamaan viereisellä petillä näkemäni tapahtumasarjan.

Fysioterapeutti yritti antaa potilaalle ohjeita kotivoimistelua varten. Potilas ei hänen ohjeistaan innostunut. Hän nosti ja heilutti käsiään ja jalkojaan ilmiselvästi vain muodon vuoksi. Välillä hän vastaili kännykän soittoon, kävi juomassa vettä ja jutteli kaikkea muuta.

- No, heiluttele sitten vaikka edes vähän varpaitasi.

Näin fysioterapeutti sanoi lopuksi aivan tuskastuneena, kun potilas ilmoitti, että ei pysty tekemään mitään noista annetuista tehtävistä.

Fysioterapiahetki päättyi siltä erää. Minä yritin maata hiljaa ja nauramatta peiton alla.

Potilastoverit lähtivät usein muutaman päivän kuluttua jatkamaan hoitojaan ja elämäänsä. Minun hoitoni tuntui jatkuvan.

Yhden hengen huoneissa oli heitä, joihin syöpä oli iskenyt lonkeronsa niin, että heistä ei enää ollut kotiin palaajiksi.

Kuulin myöhemmin, että vanha tuttavani oli ollut yhtä aikaa hoidettavana samalla osastolla. En ollut tavannut häntä siellä kertaakaan. Hän oli koko ajan omassa huoneessaan. Syykin selvisi. Hän ei päässyt enää liikkumaan lainkaan. Hänen syöpänsä oli löydetty pääsiäisen aikaan. Se oli ollut silloin jo niin laajalle levinnyt, että sille ei voitu tehdä mitään. Syövän takia olivat luut alkaneet murentua. Hänet siirrettiin lakanalla suihkutettavaksi, koska jalat eivät enää kestäneet kävelyä. Nyt hän sai sairaalassa sädehoitoja kipujen lievittämiseksi.

Kesäkuussa hän makasi yhden hengen huoneessa. Juhannusaatto oli hänen viimeinen elinpäivänsä. Hän kuoli pitkälle edenneeseen vatsasyöpään.

Pihan tupakkapaikalla näin vanhoja miehiä, joitakin naisiakin, joita ei edes syöpä ollut saanut lopettamaan sauhuttelua. Joiltakin oli poistettu kurkunpää. Itse olin syöpäni löytyessä ollut hyvin onnellinen siitä, että yli kolmeenkymmeneen vuoteen en ollut savukkeisiin koskenut.

Osastolla liikkui useita nuoria miehiä. He olivat kaljuja, hiljaisia miehiä, elämänsä parhaassa vaiheessa. Syöpä oli heidätkin yllättänyt.

Lääkäri kirjoitti epikriiseissään 10.-22.6.2009 muun muassa seuraavasti:

Gynekologiselta osastolta siirtyy siis meille. Kyseessä ei ollutkaan ovariaalikarsinooman aiheuttama peritoneaalikarsinoosi, vaan PAD peritoneumista on suurisoluinen, diffuusi B-solulymfooma. Koko vartalon CT:ssä tautia näkyy siis peritoneaalisesti ja pernassa. Ei pallean yläpuolella.

Krea kauniisti laskussa. Aloitetaan tänään prefaasi eli vinkristiini kortisonin kanssa. Nesteytetään potilasta, seuraavina päivinä laboratoriokokeet, tuumorilyysi.

Keuhkoembolia CT:llä poissuljettu 24.5. Laparoskopiassa 2.6. sekä koko vartalon CT:ssä todettu kasvainkudos laaja-alaiseksi, ei pallean yläpuolella. Päädytty jo terminaalihoitoon, kunnes lopullisessa PAD:ssa yllättäen diffuusi, suurisoluinenB-solulymfooma CD 20-positiivinen. Tuolloin hoito siirtyi onkologian puolelle.

Tulovaiheessa yleistila huomattavasti laskenut. Voimakasta hengenahdistusta, turvotuksia periferiassa, UÄ:llä ei askitesta, vatsa erittäin pömppö, täyteläinen tuumorista johtuen. Punktoitu 500 ml punertavaa, ei-sameaa pleuranestettä oikealta. Luuydinnäyte jäänyt riittämättömäksi.

9 Ärtsoppaa

Olin Sädesairaalassa ja sytostaattihoito alkoi. Käteni ja jalkani turposivat ja oloni huonontui viikonlopun aikana.

- Meillä on hyvät hoitovasteet.

Näin totesi omahoitajani kertoessaan minulle tulevista hoidoistani.

Ärtsoppa eli yhdistelmähoito R-CHOP on lymfoomien hoidossa käytetty yleisin lääkeyhdistelmä. Saisin sytostaatteja ja muitakin lääkkeitä tiputuksessa. Omahoitajani, joka oli sama koko ensimmäisen viikon, kertoi tarkasti, mitä minulle oltiin tekemässä ja millainen hoitoni olisi.

Meillä-sanalla hän tarkoitti Sädesairaalaa. Sädesairaalassa saadaan hyvät hoitovasteet. Sen ymmärsin tarkoittavan sitä, että moni paranee Sädesairaalan hoidoissa.

Hän kertoi R-CHOP:sta eli "ärtsopasta", kuten siellä hoitohenkilökunta sanoi. Se on eri sytostaattien yhdistelmähoito. Yleensä tätä hoitoa annetaan lymfoomaan sairastuneelle potilaalle ensin kuusi kertaa kolmen viikon välein. Niiden hoitojen jälkeen todetaan, että hoito on purrut eli tauti on poissa. Hoitotuloksen varmistamiseksi annetaan kaksi sytostaattikertaa lisää. Se on tavallista. Näin omahoitajani kertoi. Hän arveli minullekin tehtävän niin.

Ensimmäinen sytostaattikerta

Ärtsoppa aloitettiin vähitellen. Sain aluksi vain yhtä solunsalpaajaa. Syöpää oli kehossani paljon. Sen pelättiin tukkivan munuaiset, kun se alkaisi poistua yhtäkkisesti. Vinkristiini oli nimeltään ensimmäinen sytostaatti.

Vinkristiinin antaminen sujui ongelmitta. Punainen läpinäkyvä lääke tippui pussista suoniini yhtä sutjakkaasti kuin ne muut nesteet, joita minuun oli kuluneiden päivien aikana tiputettu. Lääkkeen sanottiin olevan hyvin myrkyllinen, mutta samalla tehokas lymfooman alkuhoidossa. Pissan punaisuudesta varoiteltiin. Sitä ei tarvitsisi säikähtää. Pissan kautta tämä neste poistuisi ajettuaan ensiksi pois elimistöä täyttäneet syöpäsolut.

Vinkristiiniin ja muihin solunsalpaajiin perehdyin myöhemmin kotona tietokoneen välityksellä. Aineita kutsutaan kansan suussa solumyrkyiksi. Niillä on pelottava maine. Ihmiset kertovat kauhutarinoita sukulaisten huonovointisuudesta ja oksennuskohtauksista. Minäkin olin niitä kuullut. Huono maine, joka on syntynyt 70-luvulla, elää edelleen.

Munuaisistani oli puhuttu keskussairaalan puolella useaan kertaan. Ne eivät olleet kunnossa, vaan olivat lakanneet toimimasta.

Niiden tilanne vaivasi mieltäni, koska Sädesairaalan puolella ei niiden toimimisesta ollut sanottu mitään. Aikaisemmin en ollut uskaltanut kysyäkään. Ensimmäisen sytostaattihoidon jälkeisellä lääkärikierrolla rohkaisin mieleni ja ihmettelin lääkärille:

- Entäpä ne minun munuaiseni nyt? Toimiiko ne?

- Kyllä ne toimivat. Teillä on yhtä hyvät munuaiset kuin minulla. Ei niissä mitään vikaa ole.

Näin lääkäri vastasi. Helpotus oli suuri. Kukaan ei ollut huomannut kertoa minulle, että munuaiset oli saatu lääketiputusten avulla kuntoon heti Sädesairaalaan tuloni alkuvaiheessa.

Asiaa itsekseni pohtiessani olin varustautunut siihen, että munuaisiani ei enää toimiviksi saataisikaan. Luulin, että kävisin loppuelämäni dialyysissä tai muissa munuaishoidoissa. Olin ajatellut, että kyllähän minä munuaishoidot kestän, jos ei vaan ole syöpää.

Päivät Sädesairaalassa kuluivat vauhdilla. Vinkristiinistä en heti saanut mitään sivuvaikutuksia. Psyykkisesti oloni alkoi helpottua. Tunne siitä, että saa apua, oli aivan käsin kosketeltavissa. Aikaisempi kokemukseni oli toisenlainen. Minulla on tunne, että silloin minut oli hylätty.

Nyt tilanne ja kokemus olivat päinvastaiset. Koko hoitohenkilökunta toimi tiiminä minun parhaakseni. Minä kuljin siinä kyydissä, pakettina vaunussa, eteenpäin uusille, toistaiseksi tuntemattomille teille. Luottamukseni oli suuri. Uskoin, että täällä tiedettiin, mitä tehtiin.

Joka-aamuinen verikoe oli pian rutiinia. Näytteen ottaja astui reippaasti huoneeseen ja sytytti valot. Kaivauduin puoliunisena esille peitoistani. Käden ojennus sängyn laidan yli, pisto kyynärtaipeeseen, muutama pikkupullollinen verta, peitelappu. Näin se useimmiten meni. Äkkiä oli ohi, eikä se tuntunut juuri lainkaan. Verikokeiden ottajilla oli asia hallussaan. Suonetkin löytyivät vielä.

Vähän kauhuissani kuuntelin, kun joiltakin potilastovereilta oli vaikea löytää kohtia, joista voisi ottaa hoitojen seuraamisessa välttämättömiä verinäytteitä. Heidän suoniinsa oli jo ehtinyt kehittyä paljon arpikudosta. Kuulin, että eräältäkin jouduttiin ottamaan verikoe isovarpaasta. Mitähän mahtaisi olla itselläni edessä?

Yritin tehdä pieniä kävelylenkkejä käytävillä. Voimani olivat poissa. Tippatelineen mukana raahaaminen oli raskasta. Sandaalit lipsuen, puuskuttaen ja huohottaen kiersin ympäri osastoa. Siellä meitä kulki monia muitakin, toiset reippaammin, suurin osa vaivalloisesti. Monen jalat olivat heikot ja turvonneet, niin minunkin.

Turvotus

Pari päivää vinkristiinin tiputuksen jälkeen alkoi kehossani tapahtua muutoksia. Ensiksi turposivat jalat entisestään.

Tähän saakka olin ollut vyötäröstä ja vatsan kohdalta pyöreä ja turpea. Nyt katselin kauhistuneena pikkunakeiksi muuttuneita varpaitani ja pölkkyinä makaavia jalkojani. Paino nousi päivä päivältä ja oli reilusti yli seitsemänkymmentä kilogrammaa. Vielä muutama viikko aikaisemmin olin painanut vain vähän yli kuusikymmentä kiloa.

Nesteen kertymistä se oli, tämän osasin jo itsekin päätellä. Mutta mistä syystä. Ja mitä sille voitaisiin tehdä?

Turvotus oli pahimmillaan viikonlopun aikana. Olin niin turvonnut, etten taipunut vetämään sukkia jalkoihin. Hoitajat joutuivat auttamaan minua kaikessa. En päässyt yksin edes suihkuun.

Minua ei lähetetty kotiin viikonlopuksi. Makailin yksin hiljaiseksi tyhjenneellä osastolla. Työvuorossa oli hoitaja, joka oli työskennellyt vain vähän aikaa syöpähoitajana. Olin peloissani turpoamisen ja huonovointisuuden takia. Yhdessä hoitajan kanssa mietimme, mitä tilanteessa pitäisi tehdä. Oloni alkoi olla yhtä ahdistunut ja pelokas kuin Sädesairaalaan tulovaiheessa. Sunnuntai-iltana aloin muistuttaa Michelin-ukkoa.

Pyysin hoitajaa soittamaan päivystykseen, minkä hän tekikin. Lisäksi hän otti yhteyden omahoitajaani. Päätös oli, että odotetaan viikonlopun ylitse. Osaston syöpälääkäreiden pitäisi tutkia tilanne ennen kuin tehtäisiin mitään.

- Sinun sairautesi on nyt tässä vaiheessa.

Tämä oli lääkäreiden vastaus seuraavana aamuna, kun kyselin syytä turvotukseen. Olin lääketipassa koko päivän. Turvotus alkoi laskea. Kokonaan se ei kuitenkaan hävinnyt ennen kuin parin viikon kuluttua.

Syyn turpoamiseen sain tietää vasta myöhemmin tutkiessani epikriisiä. Minulla oli tuumorilyysi, jolla tarkoitetaan munuaisten toiminnan häiriötä.

Syynä tuumorilyysiin oli syöpäsolujen tuhoutuminen. Sytostaattihoito oli aloitettu pienellä määrällä "myrkkyjä", eli vain yhdellä sytostaatilla, vinkristiinillä. Lääke oli alkanut vaikuttaa toivotulla tavalla, syöpää vähentävästi. Syöpäsolukkoa oli alkanut tuhoutua nopeasti. Vauhdilla elimistöstäni poistuvat syöpäsolut olivat tukkineet munuaisten toiminnan. Myöhemmin luin netistä, että tuumorilyysi on usein hengenvaarallinen tilanne. Ehkä kuolema oli tässäkin vaiheessa kurkkinut olkapäälläni. Taas pelastuin!

Tästä vaiheesta epikriisissäni kerrotaan seuraavasti:

Runsaan lymfoomamassan vuoksi potilaalle aloitettu asteittain R-CHOP –hoito alkaen 11.6. Vincristine-Prednisolonilla. Tästä huolimatta tuumorilyysi. Uraattinousu ad. 670. Nesteytyksellä ja Allopurinolilla tilanne laukeaa nopeasti. Krea ja Uraatti normalisoituu.

10 Rituksimabia ja psykiatrista hoitoa

Sain ensimmäisen kerran biologisen lääkkeen, rituksimabin. Kävin kaksi kertaa psykiatrisen sairaanhoitajan luona keskustelemassa.

Korkeat tulehdusarvot olivat hoitojen myötä laskeneet Sädesairaalaan tulon jälkeen. Toisen sairaalaviikon alussa ne pompahtivat yllättäen uudelleen korkealla. Jossakin oli infektio, mutta missä? Huolestunein ilmein lääkärit pohdiskelivat aamukierrollaan syitä tulehdusarvojen äkilliseen nousuun.

- Sehän voisi olla virtsatieinfektio.

Ehdotin tätä itse asiaa vuoteeni vierellä pohtiville lääkäreille. Ajattelin, että niitähän voisi potilaalle tulla, kun pitkään vaan makailee. Tilanne huolestutti lääkäreitä syystäkin. Syöpähoitoja ei voitaisi jatkaa ennen kuin syy kohonneisiin arvoihin saataisiin selville ja tulehdus hoidettua.

Arveluni virtsatieinfektiosta osoittautui oikeaksi. Paljastui piilevä tulehdus. Se pystyttiin hoitamaan antibiooteilla. Tilanne oli kaikkien helpotukseksi uudelleen hallinnassa.

Hidas tiputus

Nyt oli mahdollisuus päästä hoidoissa eteenpäin seuraavaan vaiheeseen, rituksimabiin.

Rituksimabi on 2000-luvulla käyttöön tulleita keksintöjä. Se on biologinen lääke, jolla on ollut ratkaiseva merkitys muun muassa suurisoluisen B-solulymfooman hoitojen tehostumisessa. Lymfoomia hoidettaessa sitä käytetään yhdessä sytostaattien kanssa niin sanotussa R-CHOP-yhdistelmässä, jossa eteen lisätty R tarkoittaa rituksimabia. Nämä tiedot luin lääkevalmistajan painetusta esitteestä.

Esite annettiin luettavakseni rituksimabin tiputuksen alkaessa. Yritin tavailla sen tarkkaan. Ymmärsin, että tässä hoidossa elimistö rupeaa itse taistelemaan sairautta vastaan.

Minusta tämä kuulosti hyvältä. Ei ainoastaan passiivista vastaanottoa, vaan myös kunnon taistelua. Taistelustahan olin aina kuullut puhuttavan syöpähoitojen yhteydessä. Ymmärrykseni hoitavasta lääkkeestä jäi esitteen lukemisesta huolimatta melko vähäiseksi. Esite oli lähinnä tarkoitettu lääkärien ja syöpähoitajien käyttöön.

- Kerro heti, jos tulee huono olo.

Tämä oli sairaanhoitajan ohje rituksimabin tiputuksen alkaessa.

Kanyyli kiinnitettiin kämmenselkään ja tiputus alkoi. Ihmelääke valui pussista suoniini hitaasti. Hoitajan tehtävänä oli istua vuoteeni vieressä. Siinä tarkkailtiin, että en saisi allergista reaktiota. Se voisi olla hyvin voimakas. Puolen tunnin väliajoin hoitaja muutti tipan tippumisnopeutta. Vointiani hän kysyi moneen kertaan.

Rituksimabia tiputettiin ensimmäisellä kerralla yli neljä tuntia. Se aloitettiin varovasti ja hyvin hitaalla tipalla. Rituksimabin tiputtaminen vaikutti olevan vielä tarkempaa toimintaa kuin sytostaattien. Siinä olin hoitajan tarkkailussa kaiken aikaa. Tiputus ei tuntunut miltään, ehkä suonien sisällä vähän kylmältä.

Nelituntisen lääkkeen tippumisen aikana ehdimme jutella kaikenlaista. Hoitaja oli puhelias ja iloinen ihminen kuten useimmat muutkin hoitajat. Juteltiin kissoista ja koirista, lapsista ja kodeista, elämästä yleensä. Kaikenlaisesta mukavasta, mitä mieleen tuli.

Tiputuksen jälkeen minulla oli väsynyt ja vähän paleleva olo. Muuten oloni oli normaali. Hoitajani toi minulle termopeitteen lämmikkeeksi. Siihen kääriydyin nukkumaan.

”Rituksimab 15.6. ja tämän jälkeen voinnissa ilmiömäinen muutos.” Jälkeenpäin epikriisiä lukiessani pidin erityisen paljon tästä lauseesta. Koin, että juuri rituksimabin saaminen oli todellinen käännekohta hoidoissani. Ihan heti se ei olotilaan vaikuttanut, vaan vasta noin viikon kuluttua.

Myöhemmin katselin kotona tietokoneelta lymfoomahoidoista tehtyjä kanadalaisia lääkäriluentoja. Rituksimabi oli kuvattu kauniina enkelinä. Enkeli laskeutui suojelevana ja hohtavana taivaasta alas ihmisten keskelle. Taivaan enkeli rituksimabi tuli lääkärien ja CHOP-hoidon avuksi lymfoomien hoitoon. Kun lääkkeeksi saatiin 2000-luvun alussa rituksimabi, niin lymfoomien hoitotulokset nousivat aivan uusiin lukemiin.

Keskusteluapua

Somaattisen hoidon eli sytostaattien, rituksimabin ja monien pillerien lisäksi syöpäpotilaille, ainakin minulle, oli tarjolla psykiatrista hoitoa. Sillä tarkoitettiin keskustelua osastolle tulevan psykiatrisen hoitajan kanssa.

Kaiken kokemani jälkeen tunsin olevani keskustelujen tarpeessa.

Syöpä liikuttaa mieltä ja aiheuttaa monenlaisia tuntemuksia. Näitä pitäisi saada purkaa. Itsellä sairastumiseni alkuvaiheen pelot ja nopeat diagnoosien muutokset olivat aiheuttaneet hämmennystä ja suoranaista epäluottamusta hoitoja kohtaan. Puukotettaisiinko minua kohta taas selkään? Voisinko luottaa hoitohenkilökuntaan? Eihän minua lähetettäisi uudelleen terminaalihoitoon?

Tapasin psykiatrisen sairaanhoitajan kaksi kertaa. Ensimmäinen kerta oli keskussairaalassa, toinen Sädesairaalassa.

Keskussairaalassa lähdin psykiatrisen sairaanhoitajan puheille osaston sairaanhoitajan ohjaamana. Hänen mielestään minulla oli tarve psykiatriseen keskusteluun.

- Jos elän pidempää kuin kuusi viikkoa, niin olen tyytyväinen.

Näin sanoin synkkänä hetkenäni, kun en tiennyt, mitä tapahtuisi.

Osaston sairaanhoitajan mielestä tämä oli suorastaan halventavaa. Hän totesi minulle:

- Ei noin voi puhua. Meillä on hyvät syöpähoidot.

Ensimmäiselle kohtaamalleni psykiatriselle hoitajalle en osannut sanoa juuri mitään. Toistelin vain mielessäni liikkuvaa kuutta viikkoa. Uskoin, että en voisi elää pidempään. Siinä vaiheessa olin munasarjasyöpäpotilas ja vasta odottelemassa syöpähoitojen alkamista. Jostakin syystä oloni oli pohjimmiltaan kuitenkin ihmeellisen toiveikas, vaikka kuusi viikkoa ajatuksissa kiersikin. Mielessä oli yhtä aikaa toivoa ja pelkoa. Tällaista lienee sokkivaiheessa eläminen.

Toisen psykiatrisen sairaanhoitajan tapasin Sädesairaalassa. Olin alkanut pohdiskella sairastumiseni alkuvaiheen tilanteita. Niistä pystyin puhumaan hänen kanssaan sen tunnin ajan, minkä hän viipyi luonani. Sitten hänen oli lähdettävä. Kesälomakin oli alkamassa. Toista kertaa hän ei ehtinyt enää tavata minua kesän aikana.

Molemmilta hoitajilta sain aivan asianmukaisen empaattisen kohtelun ja ymmärtämystä. Syvempää kontaktia ei välillemme syntynyt.

Nämä psykiatriset sairaanhoitajat olivat kaukana siitä todellisuudesta, missä minä elin. He eivät olleet mukana hoitorumbassa ja sairaalan jokapäiväisissä tilanteissa. He olivat vain ulkopuolisia "asiantuntijoita". Kuinka he voisivat ymmärtää, miltä minusta tuntui?

Ne asiat, joista halusin puhua, halusin kertoa ympärilläni liikkuville tavallisille sairaanhoitajille ja perushoitajille. En pystynyt sanoittamaan tilannettani. Sairauteni oli iskenyt elämääni yllättäen ja odottamatta. Olin kokemastani jollakin tapaa "mykistynyt". Ei minulla ollut sanoja puhua sisimmässäni liikkuvista epämääräisistä tunteista.

Keskustelutuokio psykiatrisen sairaanhoitajan kanssa oli hyvä, mutta en kaivannut lisää keskusteluja. Hän soitti minulle kotiin palaamiseni jälkeen. Piikki oli auki. Keskussairaala ottaisi minut jälkeenpäinkin psykiatrisiin keskusteluihin. Voisin varata ajan, milloin halusin. En kuitenkaan enää ottanut heihin yhteyttä.

Koin, että hyvin terapeuttista, parhainta sielunhoitoa, oli muiden potilaiden kohtaaminen. Syövän kanssa voi elää. Näin ja kuulin, miten monet ihmiset olivat vaikeuksiensa ja syöpäsairauksiensa keskellä iloisia. He nauttivat elämästä, vaikka syöpä oli runnellut koko maallisen kehon.

Sädesairaan potilaana näin, miten tavallisissa hoito- tai ruokailutilanteissa ystävällisesti sanotut rohkaisevat sanat kantavat eteenpäin. Koko henkilökunta on tärkeä potilaan hoidossa. Lämpimät eleet ja hyväntahtoinen huumori ovat keinoja, joilla sairaan elämää helpotetaan. Potilas haluaa, että häntä kuullaan ja hänet nähdään. Pieni hymy ja kannustava taputus olalle merkitsevät paljon. Suurin osa meistä potilaista ymmärtää, että sairaalassa työ on kiireistä. Enempää emme vaadikaan kuin lyhyen pysähdyksen vierelle.

Kotilomalle

Parin viikon sairaalassa olon jälkeen tuli yllätys.

- Sinähän voisit lähteä pyörähtämään kotona. Nyt juhannuksena täällä ei tapahdu mitään. Voisi olla kivakin mennä vähäksi aikaa omiin oloihin, omahoitajani esitteli asian varovasti, vähän kierrellen kaarrellen.

Mitä ihmettä? Voisin lähteä juhannukseksi kotiin.

Viihdyin Sädesairaalassa. Olin siellä kuin pumpuliin kietoutuneena lääkkeiden, lääkäreiden, hoitajien, muun henkilökunnan ja muiden potilaiden turvallisessa pehmeydessä. Pitäisikö nyt lähteä pois takaisin tavalliseen elämään?

Loput sytostaatit R-CHOP-hoidosta oli suunniteltu annettavaksi juhannuksen jälkeen. Sitten pääsisin kokonaan pois sairaalasta. Sytostaattien tiputuksen seurauksena voisi tulla ongelmia, joiden takia joutuisin ehkä pian takaisin sairaalaan. Kotiin kannattaisi mennä käymään nyt, kun oli sellaisessa kunnossa, että se oli mahdollista. Pakkohan se ei tietystikään ollut. Sairaalaankin saisi jäädä. Näin selvitti omahoitajani.

- Ei, en minä halua.

Ensireaktioni oli ”ei”. Sanoin tiukasti vastaan. Ei missään tapauksessa kotiin. Pelotti, ahdisti, kauhistutti. Olin pari viikkoa saanut tiputuksessa erilaisia lääkeaineita ja ollut sidottuna ”sulhaseen”. Luulin, että kotiinkin minun pitäisi ottaa tippateline mukaan. Kuinka se voisi onnistua? Minä kompuroisin ahtaassa asunnossa telineen kanssa. Ei tule koskaan onnistumaan. Entäpä, jos tapahtuisi jotakin odottamatonta? Jos vaikka saisin jonkun kohtauksen? Voisi tulla äkillinen kuumekin. Kuinka sitten pääsisin tarpeeksi nopeasti sairaalaan?

Ehdotus tuntui minusta ensi kuulemalta täysin mahdottomalta. Äiti ja Leo sitä vastoin olivat heti sitä mieltä, että ei muuta kuin kotiin juhannukseksi. He sitten auttavat minua kaikessa. Kannattaisi ehdottomasti lähteä. He puhuivat minut ympäri. Heidän kantansa voitti.

Juhannuksen aatonaattona lähdin kotilomalle. Liikuin horjuvin jaloin, epävarmoin askelin, väsyneenä ja heikkona. Juhannuksen jälkeen menin takaisin Sädesairaalaan reippaasti kävellen ja iloisella mielellä. Tänään olisi viimeinen päivä sairaalassa!

Alku kotona oli vaivalloista. Kotiportin avaaminen, siitä pihaan meno, kävely pihan yli kotiovelle – kaikki tapahtui kuin hidastetussa filminpätkässä. Selviydyin juuri ja juuri näistä muutamasta kymmenestä metristä.

Ensimmäisenä tehtävänä oli löytää sopiva yöasu. Olin edelleen hyvin turvonnut enkä mahtunut yhteenkään omista yöpaidoistani.

Syöpähoitoni alkoi Keski-Suomen keskussairaalassa. Sieltä minut kuljetettiin ambulanssilla lähellä olevaan Kyllöön.

Tästä ovesta minut vietiin pyörätuolilla seuraavaan hoitopaikkaan eli Kyllön sairaalaan.

Pitkäaikaisin hoitopaikkani oli Sädesairaala.

Ystäväni toi minulle sairaalaan pienen posliinienkelin. Korttiin merkittiin hoitoajat. Molemmat ovat mieleisiä muistoja.

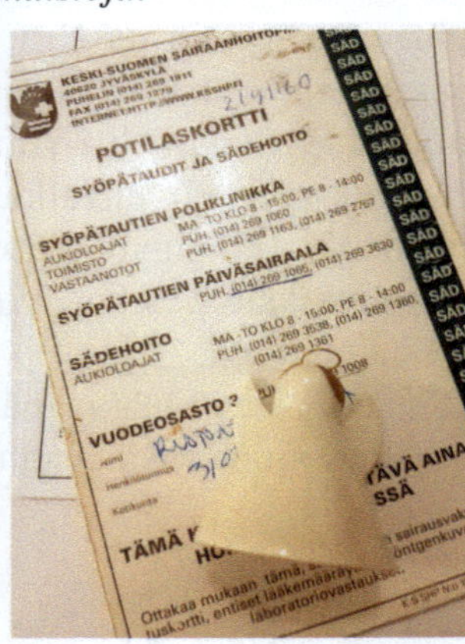

Kun hiukset lähtivät, niin käyttöön tuli peruukki. Kuvassa olen vasta käyttöön otetussa peruukissa elokuussa 2009. Paikka on Korpilahti, takana Päijänne ja Kärkisten silta.

Hoitojen aikana otettiin paljon verikokeita. Tässä tuloksia minun kokeistani. B-neut tarkoittaa neutrofiilejä eli yleisimpiä valkosoluja. Kuvasta näkyy se, että neutrofiilit laskevat matalalle syöpähoitojen aikana.

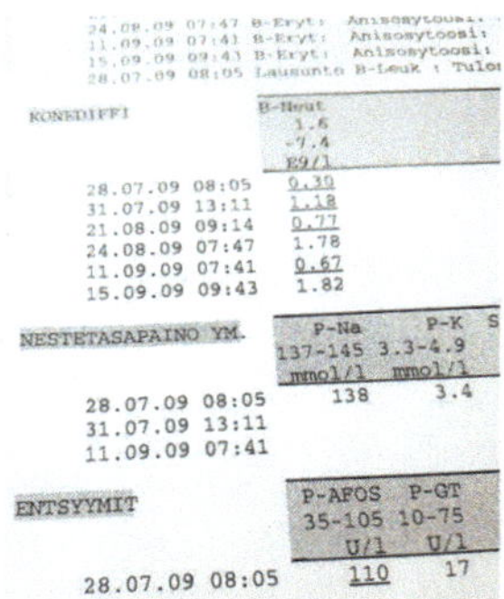

24.08.09 07:47 B-Eryt: Anisosytoosi:
11.09.09 07:41 B-Eryt: Anisosytoosi:
15.09.09 09:43 B-Eryt: Anisosytoosi:
28.07.09 08:05 Lausunto B-Leuk : Tulo

KONEDIFFI	B-Neut 1.6 -7.4 E9/l
28.07.09 08:05	0.30
31.07.09 13:11	1.18
21.08.09 09:14	0.77
24.08.09 07:47	1.78
11.09.09 07:41	0.67
15.09.09 09:43	1.82

NESTETASAPAINO YM.	P-Na 137-145 mmol/l	P-K 3.3-4.9 mmol/l
28.07.09 08:05	138	3.4
31.07.09 13:11		
11.09.09 07:41		

ENTSYYMIT	P-AFOS 35-105 U/l	P-GT 10-75 U/l
28.07.09 08:05	110	17

Mökkireissut onnistuivat syöpähoidoista huolimatta hyvin kesällä 2009. Paikkana Uurainen.

Itse virkattu sytomyssy päässä, kädessä vaalea "vähän hipahtava" Kelan kustantama peruukki, toisessa ystävän lahja - punaiset keinokiharat.

Kuvissa on äitini Sirkka Ruotonen. Sairastumiseni jälkeen meillä oli yhteistä aikaa vielä monta vuotta. Kesällä kävimme kaupungilla tai teimme pieniä kesäretkiä. Kuva on otettu kaksi vuotta sairastumiseni jälkeen. Istumme kauniina kesäisenä päivänä Jyväskylän keskustassa ja seuraamme tanssiseura ISOn tanhuujien ohjelmaa. Jouluaaton vietimme äitini kanssa aina yhdessä. Aattoaamuna kävimme isän haudalla viemässä kynttilän. Tässä äiti jouluaattona sylissään chili, poikani hänelle kasvattama joululahja. Enää ei äiti ole joukossamme. Hänet saatettiin haudan lepoon syksyllä 2017.

Kuntoni oli heikko hoitojen loputtua. Lenkkiä suunnitellessa piti miettiä etukäteen, mihin saattoi istua lepäämään. Kuva on Jyväskylän Rantaraitilta.

Olin matkalla Lapin maisemissa kesällä 2011 kaksi vuotta sairastumisen jälkeen.

Aikaa on mennyt yksitoista vuotta. Kuva on otettu Survon omenatarhalla Jyväskylässä syksyllä 2020.

Leo, ei mikään pieni mies, toi käyttööni vanhat pitkät kalsarinsa. Sääreni olivat turvonneet ja paksut. Alushousujen lahkeista jouduin leikkaamaan pois resorin ja vielä tekemään niihin pitkät viillot, jotta sain ne vedettyä jalkaani.

Kodin kylpyhuoneessa tarvitsin tuolin voidakseni käydä suihkussa peseytymässä. En jaksanut enkä uskaltanut seistä lyhyttäkään hetkeä yksinäni. Sairaalassa olivat hoitajat joutuneet auttamaan minua peseytymisessä. Nyt peseytyisin itse. Pihaltani haettiin avuksi muovinen puutarhatuoli.

Juhannuksena vesi piiskasi pihaa. Äiti ja Leo laittoivat ruokaa ja tiskasivat. Minä yritin hoitaa lasku- ja muita asioitani netissä. Illat kuluivat lepäillen sohvalla television ääressä. Naapuriyhteisössä oli juhannusaattona juhlat, joihin oli kutsuttu. Ne juhlat jäivät tällä kertaa väliin.

Maanantaiaamun lääkärikierrolla olivat edellisiltä viikoilta tutut lääkärit. Heidän saapuessaan huoneeseemme olin käytävällä juttelemassa kännykässäni.

- Mikäs rouva se täältä tulee?

- Onko se sama rouva ollenkaan, joka täältä lähti lomalle?

Lääkäreitä hymyilytti muuttunut kuntoni, kun parilla juoksuaskeleella olin nopeasti huoneessa.

Seuraava kysymys kuului:

- Lähteekö rouva kotiin tänään vai huomenna?

Vastaus oli selvä:

- Tänään tietysti, jos se on mahdollista.

Kuntoni oli lyhyessä ajassa juhannuksen aikana kohentunut huomattavasti. Olin ennen lymfoomahoidon aloittamista kuullut, että hoito tehoaa hyvin nopeasti. Nyt tunsin sen vaikutuksen olotilassani.

Syöpähoitoni oli parissa viikossa saatu hyvään alkuun. Munuaiseni toimivat taas, kortisoni oli rauhoittanut elimistöni, yksi sytostaatti eli vinkristiini oli aloittanut syöpäsolujen hajottamisen ja biologinen lääke rituksimabi oli alkanut tehdä tehtäväänsä. Paraneminen oli alkanut.

Viimeisenä sairaalassaolopäivänäni sain oikein kunnon annokset sytostaatteja ja muita lääkkeitä. Useammasta pussista niitä tiputeltiin.

Viimeiset hetket Sädesairaalassa istuin osaston aurinkoisella parvekkeella, jonne hoitaja tuli antamaan minulle lääkelistaa kotona otettavista lääkkeistä.

Lääkärien sanoin näin:

Rituksimab 15.6. ja tämän jälkeen voinnissa ilmiömäinen muutos. Jaksanut olla kotilomalla ja kertoo olevansa hyvässä kunnossa. CRP-lasku 170 - 19, Hb 83-124, elektrolyytit, maksa- ja munuaisarvot normaalit. Iholla kutisevaa syheröistä, punapilkkuista ihottumaa reisissä. 22.6. saa loppuosan hoidosta ja kotiutuu hyvävointisena. Paino 66,5 - 72,6 - 61,2. LD 1710.

Seuraava hoito osastolta käsin 13.7. ja edeltävästi sysäd-labrat sekä uusi luuydinnäyte.

11 Kotihoitoon

Kahden viikon Sädesairaalassa olon jälkeen pääsin kotiin. Säännölliset R-CHOP-hoidot aloitettiin päiväosastolla.

Pahoinvointilääke taskussa lähdin Sädesairaalasta kotiin juhannuksen jälkeisenä maanantaina. Samana aamuna olin ollut sytostaattitiputuksessa, jossa sain suoniini loppuosan ”ärtsopasta”. Olin päässyt vielä muutamaksi tunniksi makaamaan tutuksi tulleen osaston sairaalasängylle.

Omahoitajani arveli, että voisin oksentaa jo lyhyellä kotimatkalla, ja hän työnsi pahoinvointilääkkeen mukaani. Samalla hän varoitteli, että pitäisi aina muistaa ottaa pahoinvoinnin estolääkkeitä ajoissa.

Myöhään iltapäivällä oli viimeinen punnitus. Sitten omahoitajani kävi kanssani läpi seuraavien viikkojen lääkearsenaalin. Pitkää listaa oli vaikea hahmottaa heti. Onneksi hän kirjoitti muistin tueksi vielä erillisen lääkekortin, josta kävi selville kuinka paljon ja mitä ja milloin.

Pilvettömältä taivaalta paistoi aurinko, oli kuuma kesäpäivä.

Kävin omahoitajan kanssa viimeiset keskustelut:

- Mene uimarannalle uimaan ja vähän ottamaan aurinkoa. On niin ihana ilmakin.

- Menisinhän minä, jos mahtuisin uimapukuuni.

Omahoitajani oli hyvästelemässä minua odotellessani Leoa hakijaksi Sädesairaalan kuumuuttaan hehkuvalla parvekkeella.

Reilut kaksi viikkoa kestänyt sairaalajakso päättyi iloisissa ja haikeissa merkeissä. Olin kiitollinen saamastani hoidosta. Tunsin hiljaista ikävää siitä, että en saisi enää olla osaston turvallisessa ilmapiirissä. Sen yhtä aikaa kiireinen ja rauhallinen tunnelma oli auttanut minua käsittelemään itseäni ja hoitojani. Olin pääsemässä tasapainoon alkuvaiheen rankkojen kokemusten jälkeen.

Eteeni oli avautunut uusi maailma, sairaalamaailma. Se ei ollut tuttu ennestään. Katsoin kunnioittaen kaikkia sen työntekijöitä, joiden työn teossa näin aitoa potilaiden ja oman työn arvostamista.

Itsekin elin omassa uudessa maailmassani, syöpäsairaan maailmassa.

Pääsin kotiin

Nyt oli sairaalahoito ohitse ja alkoi kotihoito, joka kestäisi monta pitkää kuukautta. Tarkkaa hoitojen kestoa oli tässä vaiheessa vielä mahdotonta tietää. Monenlaista voisi tapahtua matkan varrella. R-CHOP-kuurit annettaisiin kolmen viikon välein. Muuten huolehtisin itse lääkkeistäni.

Toistakymmentä erilaista lääkettä täytti uuden dosettini. Ensimmäistä kertaa elämässäni minulla oli sellainen käytössä. Sunnuntai-iltaisin täytin huolellisesti sen kolot, jotta varmasti muistaisin ottaa kaikki lääkkeet. Muisti alkoi pätkiä hoidon loppuvaiheessa. Silloin dosetti oli todella tarpeen.

Kortisoni kuuluu olennaisena osana R-CHOP-hoitoon. Sitä oli minulle jo annettu aikaisemmin suurina annoksina sairaalassa. Nyt söin sitä tablettina vatsansuojalääkkeen seurassa. Lisäksi dosetissa oli syöpämassaa poistavia nappeja, antibiootteja sairaalassa iskeneen virtsatieinfektion hoitoon, kipulääkkeitä, pahoinvointilääkkeitä, nukahtamislääkettä ja tavanomaiset verenpainelääkkeet sekä sydämen liikaa tykyttelyä hiljentäviä pillereitä.

Äitini halusi tulla auttamaan minua. Hän muutti keskustan asunnostaan luokseni asumaan. Leo, joka asui naapuritalossa, lupautui hoitamaan kokin tehtävät kesälomansa ajan.

Joka aamupäivä kello yksitoista soi ovikello, ja Leo asteli ovesta valmiin, höyryävän ruokatarjottimen kanssa. Kun muistin ottaa pahoinvoinninestolääkkeen alle, niin onnistuin syömään vähän kerrallaan.

Kesäpäivät kuluivat kotisohvalla istuen ja maaten, lääkkeitä syöden, televisiota katselleen, nettiä tutkien. Kuumetta mittasin monta kertaa päivässä. Pelkäsin, että se nousisi yli 38 asteen. Silloin olisi kiire takaisin sairaalaan.

Olin edelleen turvonnut. Hengittäminen oli vaikeaa, yskä ei ollut väistynyt ja pulssin korkeudeksi mittailin jatkuvasti yli satasta. Turvonneilla jaloillani liikuin huonosti. Sain jalkani juuri ja juuri työnnettyä vanhoihin venyneisiin kesäsandaaleihin.

Yritin reippailla ulkoilmassa päivittäin. Kävimmepä muutaman kerran uimarannallakin haistelemassa kesätuulia ja tapaamassa paria ystävää. Mäki parkkipaikalta alas Tuomiojärven uimarantaan oli uskomattoman pitkä.

Asetuimme kahvion viereen viltteinemme, ja jäin siihen mekossani makaamaan ison mahani kanssa. Olin tullut araksi näyttämään itseäni vähissä vaatteissa enkä halunnut pukeutua uimapukuun. Järveen en uskaltautunut vilvoittautumaan. Saunomisenkin olin sairaalan jälkeen jättänyt toistaiseksi.

Toinen hoito Sädesairaalassa

Muutaman viikon kuluttua pääsin vielä kerran Sädesairaalaan osastolle. Toinen R-CHOP-hoito oli päätetty antaa siellä.

- Voisitko itse käydä sairaalan puolella laboratoriossa? Sinne pääsee helposti kellarikäytäviä pitkin.

Hoitaja oli unohtanut tilata tarvittavat verikokeet. Sädesairaalasta on kellarin kautta päärakennuksen laboratorioon useampi sata metriä pitkä käytävä. Kolme viikkoa aikaisemmin sen kulkeminen olisi ollut minulle täysin mahdoton tehtävä. Silloin pystyin vain raahautumaan ympäri osaston käytäviä. Nyt käynti sujui ongelmitta. Olin onnellinen.

Tällä kertaa oli päätetty tehdä selkäydinpunktio uudelleen. Aikaisemmin saatu näyte ei ollut riittävä. Levinneisyyden selvittämiseksi oli näytteen saaminen tarpeen, sanottiin. Minä en oikein kyllä ymmärtänyt, miksi levinneisyyden selvittäminen olisi niin tarkkaa. Kokemukset selkäydinpunktiosta olivat niin ikävät, että halusin välttää sen ottamisen.

- Mitä tehdään, jos lymfoomaa on luustossakin, kyselin. Vastaus oli, että hoito ei muutu, mutta hoitokertojen määrä lisääntyy.

Edellisestä punktiokokemuksesta oppineena pyysin lääkäriltä kunnollisen esilääkityksen. Sen sainkin. Kieli oli suussa paksuna, ja mieli herkistyi. Esilääkityksen innoittamana otin hoitoni alkuvaiheet puheeksi lääkärin kanssa. Aikaisemmin olin asiasta puhunut vain hoitajille. Lääkäri ei innostunut päivittelemään kanssani kollegojensa toimintaa. Vastaus oli suunnilleen seuraavanlainen:

- Sinulle ei ole tehty mitään väärin. Kaikki on sinun kohdaltasi mennyt hyvin! Kukaan ei voinut tietää, että sinulla oli lymfooma.

Näinkin asian tietysti voi nähdä, ajattelin.

Hoitajille olin sairaalassa oloaikanani kertonut sairastamiseni tapahtumasarjan useaan kertaan. Potilasvalitusasiaa oli mietitty eri näkökulmista. Pitäisikö tapahtuneesta tehdä valitus vai ei?

Toinen näinä aikoina mieltä vaivannut asia oli syövän syy. Miten on mahdollista, että minulle oli tullut imukudossyöpä? Oliko syynä Tsernobylin laskeumat vai kotitalon alla mahdollisesti henkivä radon? Voiko taustalla olla ruoan kasvatuksessa käytetyt kasvinsuojelumyrkyt tai kaikkialla vaanivat kemikaalit? Entäpä koulun sisäilmaongelmat? Voisiko siellä piillä syy? Vai olinko syönyt ja juonut vääriä ruokia ja juomia? Olisiko grillimakkarat pitänyt jättää väliin?

Tähän kysymykseen ei voi koskaan tietää oikeaa vastausta, sanoi syöpälääkärini. Syöpään sairastuminen, myös diffuusiin suurisoluiseen B-solulymfoomaan, on sattumanvaraista. Se johtuu aina monesta tekijästä.

Joskus syöpä on suvuittain periytyvää. Omassa suvussani olin kuullut puhuttavan vain gynekologisista syövistä ja suolistosyövistä. Imukudoksen ja veren syövät, hematologiset syövät, olivat aivan vieraita. Oli tyydyttävä siihen ajatukseen, että lymfoomaan sairastumiseni oli sattumaa.

Hoidot vaikuttavat

Toisella viikolla sairaalasta tulon jälkeen tapahtui eräänä yönä ihme.

Aamulla herätessäni oli pullistunut mahani tipahtanut lähes kokonaan pois. Katselin peilistä ihmetellen uudistunutta olemustani ja koettelin aikaisemmin turvonnutta vyötärön seutuani.

Koko yön ajan oli pissahätä herätellyt minua ja olin käynyt vessassa moneen kertaan. Kai ne lymfoomasolut ja neste olivat tulleet munuaisten ja pissan kautta pois. Loppumaha putosi viikon kuluessa. Se oli selkeä merkki siitä, että hoidot olivat alkaneet tehota. Syöpäsolut kuolivat ja hävisivät kehostani.

Nyt olin hoikka ja kevyt. Vyötärö oli tasan kahdeksankymmentä senttiä niin kuin pitääkin. Painoa oli reilusti alle kuusikymmentä kiloa. Vedin vaivatta tavalliset pikkuhousut ja farkut jalkaani.

Oli heinäkuu. Kesä oli kuumimmillaan. Jaksoin ulkoilla vain illalla. Se oli pitkään hidasta raahautumista ensin pihan, sitten korttelin ympäri. Äiti oli useina iltoina lenkkeilykaverina.

Myöhemmin kesän viiletessä syksyksi vanha kaverini alkoi lenkkeillä kanssani myös aamupäivisin. Leon kanssa yritettiin pidentää lenkkiä ilta illalta. Alkuvaiheessa penkkien sijoittelu ohjasi lenkkeilyä. Oli mahtavaa, kun lenkit vähitellen pitenivät. Enää ei tarvinnut suunnitella, missä pääsisi välillä istumaan.

Tukka pois, peruukki tilalle

- Lähteekö sinulta tukka?

Tämä oli hyvin yleinen kysymys, kun kerroin syövästäni. Kyllä, hiukset lähtevät, kun annetaan sytostaatteja. Se kuuluu yleisimpiin sytostaattien sivuvaikutuksiin.

Kolmannella viikolla sairaalasta tulon jälkeen alkoivat hiukset putoilla. Yllätys se ei ollut, koska lääkäri oli sanonut, että näistä hoidoista lähtee tukka aivan varmasti. Kelan myöntämän peruukin ostolupakin oli jo pudonnut postilaatikkooni.

Siispä soitto kotitalon yläkerran tytölle, joka oli opiskellut vuoden ajan ammattiopistossa parturikampaajakoulutuksessa. Taitavasti, jo ammattilaisen ottein, hän ajoi pääni kaljuksi.

Minulle tukan lähteminen ei ollut vaikea asia. Ei surettanut eikä kauhistuttanut yhtään. Oli aika siirtyä vasta hankittuun vaaleaan tätiperuukkiin.

- Tuohan on 80-luvun hipahtavaa tyyliä.

Näin totesi poikani, positiivisesti, kun sovittelin uutta peruukkiani.

Kelan sitoumuksessa luki, että "peruukki luonnonhiuksista". Peruukkiliikkeessä vähän ihmeteltiin sitä, koska halvimmat luonnonhiuksista valmistetut peruukit maksoivat useita satasia enemmän kuin minulle oli myönnetty.

Kelan raha riitti itselleni hyvin kelpaavaan keinoperuukkiin. Liikkeessä oli monenlaisia malleja, joista oli helppo valita. Uusi tukkani oli lähellä omaa vanhaa linjaani; vähän huolimattomasti heilahteleva puolipitkä vaaleaksi raidoitettu. Leo ehdotti punaista pitkää tukkaa. Siihen ei olisi rohkeuteni riittänyt.

Kuumalla säällä peruukki oli päiväkaudet hattuhyllyllä. Kaupungille lähtiessäni vetäisin sen useimmiten päähäni.

Peruukissa on muutamia ikäviä haittapuolia. Siinä pää hikoilee. Se ei ole millään tavalla kiinnitetty päähän, ja tästä syystä se lähtee helposti myssyn mukana pois.

Olin usein ilman peruukkia. Varsinkaan omassa pihapiirissä en jännittänyt. Roskia vein ulos kaljupäisenä. Reaktiot olivat sekä ihastelevia että järkyttyneitä.

Toisinaan olin kotonakin peruukki päässä. Peruukilla oli mielestäni jonkinlaista psykologista vaikutusta olotilaan: jos sattui vilkaisemaan itseään peilistä, niin oli paljon terveempi olo, kun tukka oli päässä.

Syöpäpotilaalle tarkoitetussa esitteessä sanotaan, että "Hiukset kasvavat takaisin vahvempina. Niin minäkin." Tähän sanomaan halusin uskoa. Olisiko tukkani syövän jälkeen vahvempi? Olisinko minäkin syövän jälkeen vahvempi?

Millainen uusi tukkani mahtaisi olla? Kuulin, että joillekin oli kasvanut vaalean ohuen tukan tilalle tummat, paksut ja kiharat hiukset. Niitä toivoin. Toisin kävi. Tukkani tuli takaisin suunnilleen samanlaisena kuin se oli ollut aikaisemmin. Se oli vain vähän karkeampi. Vuoden kuluttua se oli täysin samanlainen kuin oli alun perinkin ollut.

Osastolla onnistuneesti annetun toisen hoitokerran jälkeen lääkärit päättivät, että seuraava hoito annetaan päiväosastolla, Sädesairaalan alakerrassa.

Minun piti kuitenkin edelleen ottaa tarvittaessa yhteyttä sairaalan syöpäosastolle. Sinne kehotettiin soittamaan, mikäli tilassani tapahtuisi muutoksia. Erityisesti varoiteltiin korkeasta kuumeesta. Olin itsekin vuodepotilaana ollessani nähnyt potilaita, jotka saapuivat voipuneina ja sairaina osastolle tiputukseen. Sytostaattihoitojen aikaan korkea, yli 38 asteen kuume, voi olla kohtalokas. Silloin täytyy välittömästi ottaa yhteyttä sairaalaan.

Kun käy sytostaattihoidoissa, niin saa helposti erilaisia infektioita. Taustalla on valkosolujen määrän lasku. Tartunnan vaara on suurimmillaan, kun valkosoluja on vähän. Infektioita tulee ulkopuolisesta maailmasta ja myös ihmisestä itsestään. Sytostaattihoidoissa käyvien pitää yrittää välttää infektioita, koska niihin sairastuminen saattaa olla hyvin kohtalokas.

Minä yritin hoitojen aikana vältellä liikkumista ihmisten parissa. Heti hoidon jälkeen uskaltauduin menemään kauppaan ja kirjastoonkin. Silloin se oli melko turvallista.

Pelko tulevaisuudesta alkoi ottaa minusta otettaan jo toisen hoitokerran jälkeen. Minulla oli suuri vaara saada syöpä uudestaan. Sanottiin, että kuuluin korkean uusiutumisriskin potilaisiin. Jospa minä olenkin niitä, jotka eivät selviä? Eivät tästä kaikki parane.

Heinäkuun ajan olin liikkunut netin syövereissä. Suomenkieliset lymfoomasivustot alkoivat olla tuttuja. Tiesin, että sairauteni voisi uusia hyvin pian hoitojen jälkeen. Silloin sen hoito olisi todella hankalaa ja paranemisen mahdollisuudet pienet.

Alkoi eläminen pelon sävyttämän epävarmuuden kanssa. Jokainen lääkärin kohtaaminen oli jännittävä tapahtuma – mitä uutisia saisin tällä kertaa kuulla.

Kolmas hoitokerta

Kolmas hoitokerta oli elokuussa. Se oli suunnitelmien mukaisesti ja ajallaan Sädesairaalan päiväosastolla. Pari päivää aikaisemmin olin käynyt tietokonetomografiassa. Nyt seurattiin, oliko lymfooma alkanut poistua kehostani.

Päiväosastolle ilmoittautuessani olin jännittynyt. Aivan turhaan, huomasin pian. Tilanne oli rento ja miellyttävä.

Hoitaja oli ystävällinen, iloinen ja asiallinen. Hän kertoi nähneensä potilastiedoistani, että tietokonetomografian tulokset olivat jo tulleet. Hoitovaste oli hyvä ja lääkkeet olivat purreet. Lääkäri antaisi vastaanotolla lisätietoja. Lääkärin tapaaminen oli vasta muutaman päivän kuluttua hoidosta. Olin todella iloinen, että hoitaja kertoi tästä jo etukäteen. Ei tarvinnut enää jännittää.

Tuolit ja vuoteet olivat täynnä tiputuksessa olijoita. Löysin valoisan istumapaikan ikkunan läheltä. Vieressäni oli kivaa jutteluseuraa. Kanyyli saatiin asennettua kyynärtaipeeseeni, ja kolmen tunnin hoito alkoi. Sairaala-ateria tarjottiin. Söin hyvällä ruokahalulla.

Sytostaattihoitojen aikana ei kannata syödä lempiruokaansa. Sen jälkeen sitä ei voi syödä enää koskaan. Tämä oli erään potilaan kokemus.

Hoitohuoneessa on oma erikoinen hajunsa, joka johtunee monista lääkeaineista. Haju jää hoidossa kävijälle joskus ikuiseksi muistoksi. Kun ruoka yhdistyy hoitohuoneen hajuun ja tunnelmaan, niin se voi olla kokemus, jonka jälkeen ruoka alkaa maistua pahalta muuallakin.

Toinen ruokaan liittyvä ohje, jonka sain näinä aikoina, koski greippejä.

- Kai muistat, ettet sitten syö greippiä hoitojen aikana.

Hoitaja painotti, että greippien syönti hoitojen aikana oli kiellettyä. Se saattaisi heikentää sytostaattien tehoa, sanottiin selvitykseksi. Onneksi huomasivat tässä vaiheessa kertoa tästäkin. Se oli tärkeä muistettava asia.

Paljon puhutaan suomalaisesta sairaanhoidosta. Sitä moititaan julkisissa ja yksityisissä keskusteluissa. Varmasti siinä on puutteita. Virheitä sattuu. Itsekin olin sen kokenut. Enimmäkseen hoito on kuitenkin erittäin hyvää ja tehokasta. Lääkkeet ja tilat ovat asianmukaiset, hoidon seuranta tarkkaa ja henkilökunta on, ainakin syöpähoidoissa, erinomaisen hyvin koulutettua ja alalle sopivaa.

Sanotaan, että syöpä on demokraattinen sairaus. Se ei kysele yhteiskuntaluokkia. Hoidossakin kaikki ovat maassamme tasa-arvoisessa tilanteessa. Kaikkia hoidetaan ja kohdellaan yhtä hyvin. Tällaisen kuvan sain sairaalan toiminnasta.

- Hyvin meni. Ohi on, viestittelin äidille lähdettyäni kotia kohti.

Äidin piti joka sairaalakäynnin jälkeen saada tietää tilanne ensimmäisenä. Annoin tarkan selostuksen hoidostani hänelle ja Leolle, lähimmille tukijoilleni.

Lääkärien merkintöjä tältä ajalta:

14.7.2009. *Vointi ja yleistila hyvät. Lab.kokeissa PVK, Krea, Na, K, CRP, GT, Uraatti, Ca viitealueilla. AFOS 118. Annettu ongelmitta 2. R-CHOP-hoito. Koska lyydinbiopsiassa ei tarpeeksi ole ollut materiaalia, otettu uusi luuydinbiopsia 13.7.19.*

Kotiutuu hyväkuntoisena. Osastolle 3.8 2009 seuraavaan sytostaattihoitoon. Koko vartalon CT-tutkimus 29.7.2009 vastetutkimuksena

12 Hoidot jatkuvat

Sytostaattihoitoja oli suunniteltu annettavaksi kuusi kertaa. Ne annettiin kolmen viikon välein. Koko syksyn olin kotona ja sairauslomalla. Lääkärien tapaamiset olivat jännittäviä kohokohtia. Ensimmäisen seurantatutkimuksen tulokset olivat lupaavat.

Lähestyin lääkäriä reippaasti, kun menin kuulemaan ensimmäisten seurantakuvausten tuloksia. Olin jo muutama päivä aikaisemmin saanut hoitajalta hyviä uutisia. Pelkomöröt olivat kuitenkin hiipineet mieleeni.

- Jos hoidoista ei ole ollut mitään hyötyä, niin pannaan sitten vaan takaisin terminaaliosastolle kuolemaan.

Lääkäri katsoi minua tarkasti:

- Nyt puhutaan paranemisesta. Pitäisikö muka lähteä takaisin terminaalihoitoon? Sellaisesta ei ole tällä kertaa huolta. Kaikki on täällä kunnossa.

Syöpä oli jo kahden hoitokerran jälkeen alkanut väistyä. Hoitokertoja tulisi todennäköisesti kuitenkin kahdeksan. Näin siitä huolimatta, että sitä ei löytynyt selkäytimestä. Selkäytimen puhtaus oli lääkärin mukaan todella positiivinen merkki.

- Tämän parempia uutisia ei lymfoomahoidossa voi tässä vaiheessa kuulla, totesi lääkäri.

Tunsin yhtäaikaista iloa ja pettymystä. Iloa tunsin siitä, että tulokset olivat hyvät. Pettymystä aiheutti se, että en ollutkaan vielä hoitojen puolessa välissä.

Hoitojen raskaus oli alkanut tuntua elimistön väsymisenä. Mielikin alkoi kyllästyä. Kuinka minä jaksaisin niin monet hoidot? Ymmärsin, että onhan se hyvä, että kaikki tehdään perusteellisesti. Järkeni sanoi, että parasta tietysti oli se, että hoito tehosi ja sairaus paranisi. Mutta kun hoito kestää niin pitkään!

Ruokaa ja pahoinvointilääkkeitä

Sairaat solut poistuivat kehostani. Tilalle piti kasvattaa uusia terveitä soluja. Tarvittiin ruokaa. Yksi lempikirjoistani oli näinä aikoina sairaalasta saamani 34-sivuinen vihreäkantinen kirjanen nimeltään "Syöpäpotilaan ravitsemusopas. Käytännön ohjeita syövän hoidon aikana. Reseptejä". Siitä sain paljon ruokaan ja vointiin liittyvä tietoa.

Paino ei saa pudota syöpähoitojen aikana. Lisäravinteita ja lisävitamiineja ei pidä käyttää lainkaan. Niistä ei ole hyötyä, vaan niistä voi olla jopa haittaa. Maksa on lääkkeiden takia kovilla, eikä sitä ei pidä rasittaa enempää. Näitä hoidoissa saamiani oppeja omaksuin mielelläni. Näin olin ajatellut jo ennen sairastumistani. En missään vaiheessa edes harkinnut niin kutsuttuja vaihtoehtoisia hoitoja tai tukihoitoja.

Sytostaatit aiheuttavat useimmiten erilaisia syömisvaikeuksia. Huonovointisuus, ruokahaluttomuus ja oksentelu sekä kipeät limakalvot ovat tavallisia. Monilla potilailla on myös vatsakipuja ja erilaisia allergisia oireita. Lisäksi on yksilöllisiä vaikeuksia.

Jo sairastumiseni alkuvaiheessa olin voinut nauttia ateriani ainoastaan pahoinvointia estävän lääkityksen avulla. Pahoinvointilääke oli toimiva, kun sen muisti ottaa puoli tuntia ennen ruokailua. Tämä keino oli minulla käytössä pitkään kotonakin.

Hoitojen jälkeisellä viikolla vaivanani oli epämääräinen huono vointi. Olin voipunut ja voimaton. Tähän yleiseen pahoinvointiin auttoivat, ainakin vähän, raitis ulkoilma ja liikkuminen.

Kotioloissa voivat pahoinvointi ja oksentelu yllättää. Näin minua varoiteltiin sairaalasta lähtiessäni. Syöpäpotilaat pelkäävät usein eniten näitä asioita. Minä en onnekseni kuulunut niihin potilaisiin, joita oksentelu vaivasi. Vain kerran koko pitkän sytostaattihoitojakson aikana oksensin. Se tapahtui seuraavana päivänä kolmannen hoitokerran jälkeen. Silloin opin, että ei kannata syödä puuroa, jos tuntee pahoinvointia jo sitä katsellessaan.

Suun kipeys oli suurin vaivani sekä kesän ajan että myöhemmin aina viimeiseen hoitokertaan saakka. Olin jo lapsuudestani saakka kärsinyt aftoista, pienistä suussa olevista rakkuloista. Hoitojen aikaan niitä ilmaantui useita kerrallaan. Lisäksi koko suuta, kieltä ja huulia poltteli. Ei auttanut soodavesi, ei suolahuuhtelu, ei kolan juonti, ei oliiviöljy. Yritin etsiä kaikkia mahdollisia netissä ja kirjoissa annettuja keinoja suun hoitoon. Mistään ei ollut hyötyä.

Sivuoireet vaihtelevat, mutta hoidoista voi olla hyviäkin seurauksia.

- Sepä oli soma sivuoire.

Näin totesin, kun naapurivuoteen nainen kertoi minulle sivuoireistaan – hän sai kovia siivouspuuskia kortisonin sivuvaikutuksena.

Itselläni ei kortisoni vaikuttanut näin voimakkaasti. Voin kuitenkin kortisonin syömisen aikana hyvin ja olin pirteä ja virkeä.

Tukalaa oloa ja väsymistä

Korkeapaine pysähtyi elokuussa 2009 Suomen kohdalle. Hautova kuumuus jatkui yötä päivää. Yöt olivat erityisen ikäviä, koska minun oli vaikea nukkua. Hiki ja väsymys lisääntyivät.

Hiki muistutti siitä ajasta, kun vasta ihmettelin outoa olotilaani. Toukokuussa kärsin pään hikoilusta, erityisesti öiseen aikaan. Luulin silloin, että kyse on näistä kuuluisista kuumista aalloista, joista muut ihmiset olivat puhuneet, mutta joita itse en ollut kokenut. Nyt elokuussakin hiki ahdisti.

Kaupan kassalle olin vähällä pyörtyä, kun yhtäkkiä iski huonovointisuus. Olo oli hikinen, kuuma ja väsynyt. Heitin vain nopeasti tavarat hihnalle ja juoksin lähellä olevalle penkille, istuin alas ja painoin päätä polviin. Kassa löi hinnat koneeseen. Kävin hakemassa ostokseni, kun huono olo hellitti. Sama ystävällinen kassanhoitaja toi vielä minulle kylmää vettä. Pian tilanne oli ohi.

Useana yönä heräilin. Pulssi hakkasi niin kovaa, että tuntui kuin koko sänky olisi tärissyt. Samalla pää oli aivan läpimärkä. Sykkeen hillitsemiseksi söin herätessäni beetasalpaajaa. Usein kesti pitkään ennen kuin syke oli niin rauhoittunut, että saatoin nukahtaa uudelleen.

- Luonnollista reagointia koviin hoitoihin, näin sanoivat lääkärit, kun heille valittelin olotilaani.

Infektiohuolia

Huoli valtasi mieleni ennen neljättä hoitokertaa. Syy oli jatkuva yskiminen. Olin ymmärtänyt, että lymfooman, kuten muidenkin syöpien hoidossa, on tärkeää, että hoidot voidaan järjestää ajallaan. Aloin olla huolissani. Pelkäsin, että minulla saattaisi olla infektio. Se saattaisi estää seuraavat hoidot.

Soitin Sädesairaalaan. Sieltä käskivät mennä ensiksi hoitoja edeltäviin verikokeisiin. Niihin olin jo saanut lähetteen. Verikokeet tehtiin joka kerta ennen sytostaattihoitoja.

Aikaisemmilla kerroilla olivat veriarvoni olleet tarpeeksi hyvät hoitojen antamiseksi. Tällä kertaa verikokeet osoittivat valkosoluja olevan vähän. Tämä tarkoitti sitä, että luuydin ei ollut toiminut odotetulla tavalla.

Syöpälääkäri käski minun mennä puhumaan yskästä keskussairaalan päivystykseen. Sinne kiirehdin näyttämään itseäni.

Nuori päivystävä lääkäri päätti, että keuhkoistani otetaan röntgenkuvat. Niistä ei onneksi löytynyt mitään. Hän päätteli, että minulla on keuhkoputkentulehdus ja määräsi siihen antibiootteja. Lisäksi minut määrättiin maanantaina uudelleen verikokeisiin.

- Nämä antibiootit ovat sellaisia, että niitä syötäessä voi akillesjänne mennä poikki.

Näin pelottavan uhkakuvan farmaseutti kertoi minulle, kun hain antibiootit apteekista. Niinpä viikonlopun ajan istuin jalat suorana sohvapöydällä ja liikuin sisällä kotona hyvin varovasti. Olisihan se ollut ikävää, jos olisi kesken syöpähoitojen myös katkaissut akillesjänteensä.

Joudutaanko hoitojani siirtämään? Akillesjänteen katkeamisen lisäksi jännitin tätä asiaa sinä viikonloppuna.

Soitin jo hädissäni vanhalle koulukaverilleni. Hän oli sairaanhoitaja ja oli aikaisemmin ollut töissä Sädesairaalassa. Vaikka hoitoa jouduttaisiin viikolla siirtämään, se ei vaikuta kokonaistilanteeseen. Näin ystäväni totesi ja vakuutti, että kaikki menee hyvin. Tähän minun täytyi luottaa.

Neljäs hoitokerta

Viikonloppuna tapahtui ihmeitä. Kaikki veriarvot olivat maanantain verikokeen mukaan hyvät ja valkosolujen määrä oli kohonnut normaalille tasolle. Lisäksi yskä oli hävinnyt. Sain ilokseni neljännen sytostaattihoidon suunniteltuna päivänä.

Elokuussa alkoi koulu. Oli ensimmäinen syksy kolmeenkymmeneenviiteen vuoteen, kun en ollut aloittelemassa uutta lukuvuotta. Kesän ajan olin niin sairas, ettei koulu eikä muukaan ulkopuolinen maailma ollut mielessäni.

Syksyn olin sairauslomalla. Se oli lääkärien ja itsenikin mielestä ainoa oikea vaihtoehto. Koulussa liikkuu paljon erilaisia viruksia. Pienikin virustautitartunta olisi voinut olla hengenvaarallinen. Olin edelleen niin heikossa kunnossa, että en olisi jaksanut töissä käydäkään. Ihmettelin joitakin tuttaviani, erityisesti rintasyöpänaisia, jotka hoitivat töitään myös hoitojen aikana.

Amatööristä ammattilaiseksi

Kun sairastuin, niin joka paikassa aina selittelin, että olen aivan amatööri alalla. Näinhän se oli. En ollut juuri koskaan ollut sairaana ja sairaalassakin vain kaksi kertaa, lapsena tulirokossa ja poikani syntyessä.

Kesän kääntyessä loppua kohti aloin olla jo "sairastamisen ammattilainen". Niin itse ajattelin ja itseäni määrittelin.

Sain rahapussiini kaksi uutta korttia. Ensin tuli uusittu Kela-kortti, jolla sain ostaa kolmella eurolla sairauteeni määrättyjä lääkkeitä. Se kortti oli voimassa usean vuoden ajan. Kortin taakse oli kirjoitettu numeroita, jotka kertoivat sairauteni laadun.

"YE 117/07.14" ja "AE 212/07.14". Nämä kaksi salaperäistä kirjain- ja numerosarjaa oli kirjoitettu uuden Kela-korttini taakse. Netistä löytyi selvitys. Ensimmäisen sarjan selitys oli "Leukemiat, muut pahanlaatuiset veri- ja luuydintaudit" ja jälkimmäisen selitys oli "Kihti". Kihtilääkkeitäkin siis käytettiin hoidossani. Etuni olivat voimassa heinäkuuhun vuoteen 2014.

Sairaanhoitopiiri lähetti vihreän kortin. Sitä näyttämällä sain maata sairaalaosastolla puoleen hintaan. Poliklinikka - ja terveyskeskusmaksuja ei tarvinnut maksaa enää lainkaan.

Niihin aikoihin suurin toiveeni oli, että pääsisin käyttämästä näitä kortteja. Ammattilaisuus ei kiinnostanut. Halusin siirtyä takaisin amatööritasolle. Halusin päästä eroon näistä korteista.

Lääkärien merkintöjä loppukesältä:

6.8.2009. *Rouvalle siis todettu diffuusi suurisoluinen B-solulymfooma, joka AS IV, tautia peritoneaalisesti, pernassa ja pleurassa, luuydin puhdas. Saanut nyt R-CHOP x 3, hoidon varsin hyvin sietänyt. TT-tutkimus tehty ja tuossa hyvä hoitovaste. Vatsan alueella aorttabifurkaation tasolla halkaisijaltaan 3 cm:n läpimittainen imusolmukemassa ja mesentriaalisesti normaalin kokoisia imusolmukkeita.*

Yleistila hyvä. Kaiken kaikkiaan siis suotuisa hoitovaste. R-CHOP hoitoja annettaisiin ainakin 6, mahdollisesti 8. 6. hoidon jälkeen koko vartalon TT kontrollimielessä. Sairaslomaa vuoden loppuun.

21.8.2009. *Potilaalla B-solulymfooma, sytostaatit menossa, 3 viikkoa sitten viimeksi saanut. Pientä yskää ollut koko ajan. Ei kuumeilua, ei muita infektio-oireita. Ei hengenahdistusta. Tänään lab. kokeissa CRP 1, Neut hieman matalalla 0,77, Leuk 2.6, Hb*

134. Thx-kuvassa ei poikkeavaa. Konsultoitu puhelimitse onkologia. Aloitetaan nyt bronkiittiajatuksella. Mikäli vointi huononee tai kuume nousee, niin tarvittaessa uusi yhteys.

13 Potilasmuistutus ja vastaus siihen

Muutaman viikon harkittuani tein potilasmuistutuksen. Sain vastaukset sairaalan ylilääkäriltä ja minua hoitaneelta osastolta.

Sairaalasta kotiin tultuani luin joka päivä sairaalasta saamaani Suomen syöpäpotilaiden tekemää esitettä “Yksin. Yhdessä.” Esite on hienosti toimitettu. Se on syöpään sairastuneille ja omaisille toivoa antavaa luettavaa. Se herättää paljon ajatuksia ja antaa voimia.

Esite lohdutti minua muun muassa seuraavilla sanoillaan:

”Olet hyvissä käsissä. Se, että sairastuit syöpään Suomessa, on onni onnettomuudessa.”

”Suomalainen syövänhoito on kansainvälisesti huippuluokkaa, joten tulet saamaan lääketieteelliseltä ja tekniseltä kannalta edistyksellistä ja korkeatasoista hoitoa.”

”Luota ammattilaisiin.”

”Sinun ei kannata pelätä jääväsi yksin. Lääkärit, hoitajat ja muut terveydenhuollon ihmiset ovat kaikki asiantuntijoita.”

Luottamusta syöpähoitoon

Näiden tekstien valossa ajattelin omaa tilannettani. Mieltäni vaivasi keskussairaalan hoidosta pois siirtäminen. Miksi näin tapahtui? Tunsin itseni kaltoin kohdelluksi, vaikka järjellä asiaa ajatellessani näin ei ollut. Tunne hylkäämisestä oli elävä. Tajusin, mutta en ymmärtänyt.

Minut lähetettiin terminaalihoitoon, vaikka koepalan tulokset eivät olleet tulleet. Diagnoosini ei ollut varma. Siitä huolimatta minun sanottiin kuolevan muutaman päivän sisällä.

Mietteet kulkivat seuraavanlaisia reittejä: Kuinka voidaan antaa arvio, että kohta kuolisin, vaikka diagnoosi ei ole täysin selvillä? Miksi kukaan ei sairaalassa ollessani kysellyt patologilta biopsian tuloksia? Miten on mahdollista, että lääkärit olivat niin varmoja syövän laadusta vain pelkän ultraäänen ja tietokonekuvien perusteella?

Ajatus omasta huonoudesta vaivasi. Olenko minä niin huono, että minut voidaan noin vaan laittaa kuolemaan? Eikö minun elämäni ole arvokas? Eikö minun elämääni pitäisi yrittää ylläpitää niin pitkään kuin mahdollista?

Näitä kysymyksiä yritin selvitellä itsekseni ja Leon kanssa.

Koko tapahtumaketju oli ollut uskomattoman nopea. Tämäkin ihmetytti. Mistä syystä siirto piti tehdä heti saman päivän aikana, kun itse kuulin ensimmäisen kerran asiasta?

Yhdeksi syyksi arvelimme sairaaloiden hintoja. Erikoissairaanhoidossa hoitopäivät ovat kalliimpia kuin kunnallisessa sairaalassa. Erikoissairaanhoidossa hoidetaan vain potilaita, jotka voidaan parantaa. Lääkäreillä on siirroissa kiire, koska kustannuksien halutaan säilyvän mahdollisimman pieninä. Näin pohdimme. Tämä oli ymmärrettävää: on turhaa pitää kalliilla paikalla potilasta, jolle ei voida antaa parantavaa hoitoa.

Sellainen ajatus minulle jäi, että lääkärit katselivat sairauttani oman erikoisalansa näkökulmasta. Muiden vaihtoehtojen ajatteleminen siinä vaiheessa oli mahdotonta. Yritin selvittää heille tautini oireita. Kerroin runsaasta yöhikoilusta, mikä on hyvin tyypillinen oire lymfoomapotilaalla. Heillä oli oma käsityksensä. He eivät osanneet ajatella, että sairaus olisi voinut olla joku muu kuin se, mikä heidän näkökulmastaan vaikutti oikealta.

Mieltäni vaivasi myös munuaisteni toiminta. Kun munuaiseni olivat lakanneet toimimasta, syytä siihen ei tiedetty eikä selvitetty. Syytä vain epäiltiin. Epäiltiin, että syöpä oli kietoutunut munuaisten ympärille ja lakkauttanut niiden toiminnan. Mistä nämä ajatukset syntyivät lääkäreille, en tiedä. Olivatko vain arvailuja?

Juttelin kokemuksista useiden sairaalan hoitajien ja myös muiden tuttujen sairaanhoitajien kanssa. Hoitajat olivat kaikki sitä mieltä, että tästä minun pitää aivan ehdottomasti tehdä jonkinlainen vahinkoilmoitus. Itsekin tulin tähän johtopäätökseen. Kukaan meistä ei oikein tiennyt, mitä pitäisi tehdä. Minua kehotettiin ottamaan yhteyttä potilasasiamieheen.

Soitto potilasasiamiehelle ja muistutus

Keskustelut ja pohdiskelut johtivat siihen, että soitin sairaalan potilasasiamiehelle. Hän kuunteli hiljaisena tarinaani ja vaikutti kauhistuneelta. Yhdessä pohdimme, mitä voisin ja mitä minun pitäisi tehdä. Loppujen lopuksi asia oli kuitenkin mennyt aivan oikein. Mitään varsinaista vahinkoa ei ollut tapahtunut.

Lopputulos keskusteluistamme oli se, että päätin lähettää sairaalan johtajaylilääkärille potilasmuistutuksen.

Potilasmuistutuksessa toin esille tapahtumaketjun. En halunnut vaatia mitään. Vaatimuksille ei ollut perusteitakaan. Halusin vain, että asianomaiset lääkärit keskustelisivat tapauksestani.

Kenenkään ei pitäisi joutua terminaaliosastolle, ellei diagnoosia ole selvitetty loppuun saakka. Tämä oli ajatukseni.

Kerroin valituksessa myös hienosta korvaavasta kokemuksesta, jonka olin saanut Sädesairaalan lääkäreiltä ja muulta henkilökunnalta.

Potilasvalitusasia kiinnosti tuttaviani ja ystäviäni. Minulla on laaja ystäväpiiri myös Ruotsissa ja Norjassa. Sairastuessani olin luonnollisesti ollut sitä mieltä, ettei ole mitään hätää, kun sairastan täällä Suomessa. Kotikaupungissani on syöpäsairaala ja paljon alan osaamista.

Ruotsalaiset ystäväni olivat suomalaisia enemmän ihmeissään hoitoni saamista käänteistä. Suomalaisilla oli tiedossaan muitakin vastaavia tapahtumia. Norjalainen sairaanhoitajatuttavani oli sitä mieltä, että tämä on todella hyvä esimerkki suomalaisen sairaanhoidon nykytilasta.

Itselleni tässä vaiheessa oli pahinta se, että tämä tapahtuma vaikutti koko hoitoprosessiini. Jännitin ja aristelin lääkäreitä. Minun oli vaikea uskoa heitä. Pelkäsin, että he olisivat valmiita hylkäämään minut heti, jos hoito ei jostain syystä menisi odotusten mukaisesti. Olin varuillani.

Tapahtunut lisäsi myös syyllisyyden tunteita: olin itse tehnyt virheen, kun en ollut huomannut syöpääni ajoissa. Nyt minua rangaistiin siitä lopettamalla hoito kokonaan.

Kirjoitin potilasmuistutuksen heinäkuussa. Elokuussa sain siihen vastineen.

Erityisen ilahtunut olin johtajaylilääkärin saatekirjeessään kirjoittamista sanoista:

"Omalta kohdaltani toivon, että hoidot ovat onnistuneet hyvin ja olette tervehtymässä. Samalla esitän myös kiitokseni siitä, että olette arvioineet hoitoonne liittyviä tapahtumia täällä keskussairaalassa. Ne ovat arvokkaita tietoja kehittäessämme toimintaa paremmaksi."

Varsinaisen vastineen oli kirjoittanut yksi minua hoitaneista lääkäreistä. Mielenkiintoiseksi asian teki, että tämä lääkäri oli kesälomalla silloin, kun minut lähetettiin Kyllöön. Hänellä ei terminaalihoitoon siirtämisen kanssa ollut mitään tekemistä.

Vastineessa luki muun muassa näin: "Asiaa nyt arvioitaessa olisi ollut parempi odottaa varmistus diagnoosille ennen kuin sytostaattihoidoista luopumisesta lopullisesti päätettiin. Nyt tapahtunut on varmasti aiheuttanut potilaalle ja hänen läheisilleen ahdistusta ja myös ihmetystä sairaalan toiminnasta."

Tapahtumaketju oli myös käyty tapauksena läpi lääkärien yhteispalaverissa ja siinä oli kiinnitetty huomiota "hoitolinjauksista päättämiseen ja niistä potilaalle informoimiseen". Näin luki vastineessa.

Olin tyytyväinen siihen, että tein muistutuksen. Se selvensi tilannetta kohdaltani.

Myöhemmin lähetin sähköpostia minut terminaalihoitoon lähettäneelle lääkärille. Olen tavannut hänet myös eri yhteyksissä myöhemmin. Muitakin mukana olleita lääkäreitä olen kohdannut. Kohtaamisemme ovat olleet lämpimiä ja ystävällisiä. Asia on selvitetty loppuun saakka.

14 Syksyn tunnelmia

Hoito jatkui. Olin kotona sairauslomalla.

Syyskuu alkoi kirkkaana. Muut menivät töihin ja kouluun, minun elämäni oli pysähtynyt kodin seinien sisäpuolelle. Olin vakavasti sairas, elin syöpäsairaan elämää, en tiennyt miten hoitoni menisivät, tulevaisuuteni oli epävarma.

Äiti oli muuttanut takaisin omaan kotiinsa ja soitteli joka aamu. Mielellään hän olisi varmaan ollut minunkin luonani, mutta totesimme yhdessä, että hänen on parempi asua kotonaan. Hän lupasi tulla auttamaan tarvittaessa. Matka ei ollut pitkä. Puhelinyhteydet toimivat myös hyvin.

Leo oli päivät töissä, poika opiskeli.

Minulla päiväseuranani olivat radio, televisio ja netti. Kirjoitin blogiani. Sitä kautta olin yhteydessä toisiin syöpäsairaisiin. Musiikkia kuuntelin netistä.

Lauluyhtye Kuunkuiskaajien laulun ”Taivaallinen” opettelin ulkoa. Sen sävel ja sanat lohduttivat minua syystä, jota en ymmärrä. Hanurin haikea polveilu ilahdutti. Tuntui lohdulliselta kuunnella kertosäettä:

”Taivaallinen tunne on outo tää.
Kauas pilvien lentävän nään.
Taivaallinen, tähdet pois häviää,
Silti toivon, et vierellein jää.”

Pikkuasiat tulevat tärkeiksi

Kun ihminen on terve, niin hänellä on paljon toiveita. Sairaalla on vain yksi toive – tulla terveeksi. Tätä ajattelin päivittäin. Halusin parantua. Mitään muuta en niin paljoa ole koskaan toivonut kuin lymfoomasta paranemista. Sytostaatit oli tiputettu suoniini neljä kertaa. Seuraava lääkäritapaaminen olisi vasta lokakuussa.

Olin monella tapaa ollut onnekas sytostaattihoitojen suhteen. Uhkakuvat eivät toteutuneet. En ollut oksennellut tai voinut erityisen huonosti. Sairaalahoitoon en ollut kuumeilujen tai infektioiden takia joutunut. Hoidot oli annettu onnistuneesti ja ne oli voitu antaa ajallaan. Vaste oli hyvä. Olotilani oli aivan siedettävä.

Tästä huolimatta pitkä hoitoaika alkoi jo syyskuussa käydä voimille. Vähäinen pahoinvointi ja voimattomuus tuntuivat raskaalta taakalta. Pienetkin pelot kasvoivat sellaisessa tilanteessa suuriksi.

Eräänä päivänä alkoi pikkuvarpaaseeni koskea. Oliko kynsi irtoamassa? Ei kai siihen ole tulehdusta tulossa. Mielestäni se näytti punaiselta ja tulehtuneelta. Tällaisia asioita minun oli käsketty tarkkailla, ja niiden takia pitäisi mennä lääkäriin. Iski ahdistus; se pitää heti hoitaa, ettei vaan tule pahaa tulehdusta. Hoidot keskeytyisivät.

Lähdin näyttämään varvasta terveysasemalle. Sairaanhoitaja tarkasteli tilannetta ja totesi:

- Tässä on pieni rakko. Puhkaisen sen. Ei siinä muuta näyttäisi olevan.

Varpaan päälle laastari ja ohjeeksi laittaa siihen antibioottia sisältävää salvaa.

Sairaana oleminen oli enimmäkseen melko tylsää ja yksinäistä. Kaipasin syksyistä säpinää opetustyössä. Oli ikävä oppilaita, työkavereita, elämää, jota olin tottunut elämään. Olin pitänyt työstäni erityisluokanopettajana enkä koskaan haaveillut siitä, että minulla olisi aikaa muihin asioihin. Nyt vapaa-aikaa oli liikaa. Oli aikaa vaikkapa kirjoittaa blogia. Leo innosti minua siihen ja auttoi blogin avaamisessa. Päivittäisestä blogien kirjoittamisesta tuli monella tapaa tärkeä keino jäsentää ajatuksia näinä yksinäisinä aikoina.

Blogien kautta sain elämääni uusia yhteyksiä ja mielenkiintoisia ihmisiä. Meitä oli noin kymmenen naista, jotka olimme syöpäblogiemme kautta yhteydessä toisiimme. Kerroimme hoidoistamme, elämästämme, peloistamme. Kommentoimme toistemme kirjoituksia ja juttelimme virtuaalisesti tilanteestamme. Nämä naiset olivat enimmäkseen minua paljon nuorempia, rintasyöpää ja gynekologisia syöpiä sairastavia pienten lasten äitejä. Surullisena seurasin heidän raskaita tilanteitaan, hoitojen ja leikkausten värittämää elämää. Välillä iloitsin yhdessä heidän kanssaan hyvistä hoitotuloksista ja muista onnellisista hetkistä.

Blogituttavien kanssa tapasimmekin. Vietimme pikkujoulua tamperelaisessa ravintolassa tammikuun puolella ja annoimme toisillemme pikkupaketteja. Vieläkin kannan takissani silloin lahjaksi saamaani virkattua heijastintähteä. Usean tässä ryhmässä mukana olleen maallinen taival on päättynyt jo vuosia sitten.

Syöpälääkärillä

Lokakuun alussa olivat seuraavat verikokeet, tietokonetomografia ja syöpälääkärin vastaanotto.

Lääkärin vastaanotolla selviäisi aiemmin vihjaistu suunnitelma kahdesta lisähoidosta. Olin asiaan tyytyväinen ja tilanteen jo sisälläni hyväksynyt.

Jostakin amerikkalaisesta sivustosta olin lukenut, että uusiutuminen on pienentynyt selkeästi, jos rituksimabi- ja sytostaattiyhdistelmähoitoja on annettu kahdeksan kertaa aikaisemmin annettujen kuuden kerran sijasta. Sahlgrenin sairaalassa Ruotsissa oli yleisohje, että hoidot annetaan kuusi kertaa kahden viikon välein. Ohje jatkui: Ellei hoitoja voida antaa näin tiheästi, niin silloin ne annetaan kahdeksan kertaa.

Paukurat pienenevät

Lääkäri sanoi heti sisälle tullessani:

- Täältä kuuluu ihan hyviä uutisia. Lymfooma on kokonaan hävinnyt keuhkoista ja pernasta.

- Vatsan päällä on vielä joku paukura, joka on pari senttiä läpimitaltaan.

- Suunta on pienenevä kaikkien lymfoomamuutosten kohdalla.

- Lymfooma ei ole myöskään yhtään levinnyt.

Jotakin aivan uutta oli lisäksi kerrottavana. Lisämunuaisen päällä oli pieni muutos. Se saattoi olla vanha muutos ja jotain aivan muuta laatua. Sitä tarkkailtiin.

Kauhistuttava tieto oli se, että lymfooma olisi voinut levitä myös hoitojen aikana. Lääkärin mukaan tilanne olisi silloin ollut jo paljon ongelmallisempi.

Ei tiedetty, oliko nyt jäljellä olevan paukuran sisällä vielä syöpäsolua. Koko paukura saattoi olla vain kuollutta massaa. Hoitoja oli kuitenkin päätetty antaa kaksi kertaa lisää. Oli kuulemma jo alun perin ajateltukin, että kaikki kahdeksan hoitoa tarvittaisiin, koska tauti oli niin laajalle levinnyt. Tätähän minä itsekin olin halunnut. Halusin ottaa vastaan niin monta hoitoa, että syöpä varmasti katoaisi ikuisiksi ajoiksi.

Sisimmässäni olin hiljaa toivonut tälle kerralle vielä parempia uutisia. Olin toivonut, että minulle sanottaisiin tänään, että kaikki syöpä on täydellisesti poissa. Näin ei kuitenkaan vielä sanottu.

Lääkäri oli toiveikas sen suhteen, että jäljellä oleva parin sentin paukurakin häväisi näillä lopuilla hoidoilla.

Kysyin:

- Mitä sitten tapahtuu, jos se paukura ei poistukaan?

Vastaukseksi sain:

- Sittenkin löytyy hoitokeinoja.

Toivoa parantavasta hoidosta ei vielä silloinkaan olisi menetetty. Lääkäri oli kuitenkin varma, että hoito sulattaisi loputkin syövästäni.

Suurin syöpämöykky oli lokakuun alkupuolella, reilun kolmen kuukauden hoitoaikana, muuttunut tennispallosta pingispalloksi. Alkuvaiheessa möykky oli läpimitaltaan kahdeksan senttimetriä. Kahden hoitokerran jälkeen sen koko oli kolme senttimetriä. Viiden hoitokerran jälkeen paukuran läpimitta oli kaksi senttimetriä.

Totesin lääkärille, että syövän häviämisen vauhti on hidastunut. Minun matematiikkani mukaan syöpämuutoksen olisi pitänyt jo olla miinuksen puolella. Lääkäri vastasi, että syövän häviämisen matematiikka ei toimi niin. Iso syöpäkerääntymä pienenee nopeammin ja pieni hitaammin.

Oli mukavaa ja rentouttavaa olla lääkärin vastaanotolla. Hän oli positiivisen kannustava ja asiantunteva. Sain kysellä kaikkea mahdollista, ja hänellä oli aikaa vastailla kysymyksiini.

Vähän aikaa selvittelimme myös sitä, miten munuaiset voivat lakata toimimasta yhdessä paikassa ja seuraavana päivänä alkaa toimia toisessa paikassa. Kovia tiputushoitoja ja lääkkeitä siihen oli käytetty ja onnistuttu. Onneksi asiat olivat kääntyneet näin päin!

Valkosolut olivat laskeneet hoitojen välissä liian matalalle. Lääkäri antoi niiden kohottamista varten Neulasta-reseptin loppuhoitojen ajaksi. Se on valkosolujen kasvutekijä, lääke, joka pistetään sytostaattihoitojen välissä. Pistosten tavoitteena on nostaa valkosolujen määrää.

Hoito toimi minulla erittäin hyvin. Se vaikutti mielestäni suun limakalvoihinkin, joiden kanssa minulla oli ollut ongelmia.

Hakiessani lääkettä apteekista olin tälläkin kertaa mielissäni. Ruiskeen hinta oli yli tuhat kolmesataa euroa. Syöpäpotilaana maksoin kerta-annoksesta vain kolme euroa. Totesin taas kerran, että on meillä vaan hyvä sairaanhoitojärjestelmä Suomessa. Ei olisi itsellä varaa näin kalliita hoitoja maksaa.

Kasvutekijä annettiin pistoksena seuraavana päivänä sytostaattihoidoista. Se piti säilyttää jääkaappikylmässä. Halusin olla tarkka. Hain ruiskeen apteekista ja menin sen kanssa suoraan terveysasemalle, jossa sairaanhoitaja pisti sen käsivarteeni. Usein potilaat pistävät lääkkeen itse. Minusta oli hyvä ratkaisu varata siihen aika terveysasemalta.

Koko illan kotiin palattuani maistelin lääkärin sanoja:

- Hoitovaste on koko ajan ollut erittäin hyvä.

Mikä riemu! Mitkä ihanat sanat!

Sain samana päivänä viidennen sytostaattihoitoni. Nyt oli vain kolme hoitokertaa jäljellä.

Kuudes hoitokerta

Kuudennella hoitokerralla lokakuun loppupuolella tapasin monia mukavia potilaita. Mieleeni jäi minua hieman vanhempi naisihminen. Hänellä oli ollut syöpä viisitoista vuotta. Hän sanoi, että hän on yksin, mutta ei hän kuitenkaan oikeastaan ole kokonaan yksin;

- Minulla on aina Usko ja Toivo mukana kannustamassa.

Tähän tämä ihanan iloinen ihminen nauroi päälle. Hän kävi viikoittain sytostaattihoidossa ja tuli sinne aina kävellen.

Sytostaattihoitoja antoi tällä kertaa hoitaja, joka selosti perusteellisesti kaikki tiputettavat lääkkeet. Hän oli hyvin tarkka siitä, että kaikki asiat tulivat hoitojen aikana viimeisen päälle hoidettua. Ruoka oli hyvää, samoin kahvi ja pulla. Keskiviikko olikin mielestäni hyvä päivä käydä hoidoissa. Silloin sai aina tuoreita pikkupullia. Näin ei ollut maanantaina, joka oli aikaisempi hoitopäiväni.

Hoito kesti normaalin kolmesta neljään tuntia. Vähän siinä odoteltiin rituksimabin jälkeen sytostaattien tuloa, koska lääkkeet oli tilattu apteekista vasta lääkärillä käynnin jälkeen. Koko päivä meni sairaalassa.

Naapurivuoteella makaili hoidoissa ikäiseni mies. Ikä tuli ilmi jutellessamme. Hänelläkin oli lymfooma. Selvitimme lymfooman laatua. Hänellä ei sattunut olemaan sama kuin minulla. Hän oli ollut lymfoomapotilas jo vuodesta 2000 eli lähes kymmenen vuotta. Ensimmäisen hoidon jälkeen oli kuusi vuotta oireetonta aikaa. Sitten lymfooma iski uudelleen. Nyt se oli uusinut kolmannen kerran. Hän oli hyvin positiivinen ja totesi, että ei tämä lymfooma hänen elämäänsä juurikaan ole haitannut. Hoidoissa on käynyt ja siinä se. Eläkkeelle hän oli siirtynyt jokin aika sitten. Ensimmäisten hoitojen aikana ei ollut kuulemma ollut lainkaan sairauslomalla.

Olin väsynyt ja kyllästynyt hoitoihin, mutta yhtä aikaa olin positiivinen ja iloinen. Tästä tunteesta annan kiitoksen ja kunnian Sädesairaalan ja sytostaattipoliklinikan henkilökunnalle ja ilmapiirille. Hoidoissa käynti oli aina ihanan piristävä kokemus. Siellä oli kannustava tunnelma. Sai tunteen, että kaikki tekevät parhaansa. Lisää kiitosta saavat tietysti kaikki muutkin ihmiset, joiden kanssa olin saanut tätä asiaani puida ja pohtia näiden kuukausien aikana. Tietysti toivoa antoi se, että edelleen puhuttiin siitä, että voisin parantua kokonaan.

Infektiot pelottavat

Kun on sytostaattihoidoissa, niin neutrofiilit laskevat alas noin viikon kuluttua hoidoista. Neutrofiilien määrän ollessa vähäinen ihminen on hyvin tartuntaherkkä. Silloin virukset ja bakteerit iskevät helposti. Infektiot ovat myös rajumpia ja vaikeampia hoitaa.

Sytostaattihoitoja saavia kehotetaan pesemään runsaasti käsiään ja käyttämään käsidesiä. Isoja ihmisjoukkoja on hyvä välttää. Toisaalta kuitenkin ihmisen sisältä tulevat bakteerit ovat niitä, jotka yleisemmin aiheuttavat erilaisia tulehduksia. Ihmisiä välttämälläkään ei aina voi infektioita estää.

Näitä tietoja kerrottiin sairaalassa usein. Ne ovat jokaisen syöpäpotilaan perustietoutta hoitojen aikana.

Itse olin infektioiden suhteen erittäin varovainen. Sikainfluenssavirus rantautui maahamme sinä syksynä. Terästin ihmisten välttelyä. Ostokset jätin muille. Kirjastossa kävin vain muutaman kerran. Riskiryhmään kuuluvana sain sikainfluessarokotteen ensimmäisten joukossa, samoin kausi - influenssarokotteen. Näistä rokotuksista ei vain voitu osoittaa olevan hyötyä minun tapauksessani. Tämä johtui hoidoissani käytetyistä lääkkeistä. Näin sanoi syöpälääkäri, mutta oli sitä mieltä, että rokotukset voi, ja piti, ottaa.

Veriarvojen pitää olla mahdollisimman normaalit, kun rokote annetaan syöpähoidoissa olevalle. Tästä syystä rokotus tulee ottaa lähellä hoitoja ja niin, että tiedetään veriarvojen olevan kohdallaan.

Minulla hoitopäivä oli keskiviikko. Rokotukset oli otettava loppuviikosta. Kaupungin alkuviikosta järjestämät yleiset rokotusajat eivät minulle sopineet. Ilokseni ystävällinen terveysasemani sairaanhoitaja antoi minulle oman rokotusajan.

Sain lisäinformaatiota, että joidenkin tutkimusten mukaan kestäisi jopa yhdestä kahteen vuotta ennen kuin rokotuksista alkaisi muodostua vasta-aineita. Tämä johtui rituksimabista eli R-CHOP-hoidon R:stä. Rituksimabi vaikuttaa vereen niin, että vasta - aineita ei muodostu.

Ulkomaanmatkoille ei kannattanut sinä talvena lähteä. Olin kovasti haaveillut pikkumatkasta Kanarian saarten lämpöön tammikuun aikana – tietysti vain siinä tapauksessa, että syöpä olisi ollut voitettu. Nyt matka täytyi jättää vain haaveiluksi. Voimat kevätkautta varten piti kerätä Jyväsjärven Rantaraittia kiertämällä. On muuten hieno lenkkeilyreitti valoineen, historiallisine kuvineen, runoineen ja omenatarhoineen!

- Kyllä sinä tästä selviät. Saku Koivukin selvisi!

Näin sanoi lääkäri minulle. Siihen muistaakseni korjasin, että Saku Koivulla ei ollut samaa tautia, vaan hänellä oli Burkittin lymfooma. Olin asiaa tutkinut netistä. Tähän lääkäri sanoi, että sehän on vielä ärhäkämpi.

Lääkäreitä tapasin sairauteni aikana monia: hyviä, parempia ja vielä parempia.

Mietin, mikä lääkäreistä tekee mielestäni hyviä lääkäreitä.

Tällaista ajattelin: lääkäri on hyvä, kun hän on kohtelias, suora ja uskaltaa sanoa asiat niin kuin ne ovat.

Parempi lääkäri taas on sellainen, joka edellä mainittujen asioiden lisäksi ei pelkää sanoa jotakin lohdutuksen sanaa.

Vielä parempi lääkäri on se, jonka vastaanotolla saa sellaisen tunteen, että potilas ei ole vain mikään numero ja tapaus. Potilas on ihminen, jolla on yksi ainutkertainen elämä. Hänen elämänsä puolesta tullaan taistelemaan kaikin keinoin loppuun saakka.

Tulevaisuuden suunnittelu loppuu

Syöpä vie pois mahdollisuuden tulevan suunnitteluun. Kun on syöpä, ei enää voi miettiä, miten viettää kuusikymppisiään tai mitä tekee eläkkeelle päästyään. Yhtäkkiä elämä on vain tässä ja nyt.

Tulevien tapahtuminen suunnitteleminen oli minulle ollut tärkeä ja mukava asia. Varsinkin kesäloman pohdintaan käytin paljon aikaa. Jo tammikuussa aloin suunnitella tulevia kesämatkoja ja hankkia lippuja ja hotellihuoneita. Mielestäni oli nautinnollista unelmoida tulevaisuudesta ja kaikesta ihanasta, mitä silloin tapahtuisi. Se antoi lisäväriä ja lisäarvoa tämänhetkiseen elämääni. Unelmointi ei mielestäni ole pakenemista nykyhetkestä, vaan sen tärkeä ulottuvuus.

Kun tulevaisuutta ei ole tiedossa, niin jokainen uusi päivä on kuin hyppy mustaan tyhjyyteen. Minä en pitänyt sellaisesta elämästä. Sellaista oli elämä, kun oli syöpähoitojen keskellä. Silloin ei nähnyt pidemmälle kuin seuraavaan hoitokertaan tai lääkärin vastaanottoon.

Hoitoväsymystä

Syksyn edetessä tunsin, että minuun oli iskenyt hoitoväsymys. En millään jaksanut lähteä joka aamu lenkille ja olin kaikin puolin "kuin maani myynyt". Syöpähoitojen "uutuudenviehätys" oli mennyt. Tilanteen karuus tuli entistä enemmän esille.

Hoitoväsymys voi kirjallisuudesta löytämieni tekstien mukaan olla tilapäinen tai krooninen. Sillä saattaa olla jopa elimistöä suojeleva tehtävä; ei ole tarkoitus, että liikaa yritetään sairaana. Joskus saa hellittääkin.

Hoitoväsymys ei onneksi ollut kohdallani kovin syvä. Selvisin siitäkin. Läheiset, ystävät, tuttavat ja nettiyhteydet olivat apunani, kun tuntui vaikealta.

Tutkimuspotilaaksi?

Syövän uusimista syöpäpotilas kammoaa eniten. Niin minäkin. Lääkärini totesi minulle edellisellä käyntikerralla, että ei sinun kannata heti alkaa pelätä uusimista. Mutta minkäs teet?

Diffuusin suurisoluisen B-solulymfooman uusimisen estämiseksi oli syksyllä 2009 menossa suuri maailmanlaajuinen tutkimus nimeltään Prelude. Siinä verrattiin lääkettä ja lumetta ja pyrittiin selvittämään, voisiko käytetty täsmälääke estää taudin uusiutumisen. Luin tästä tutkimuksesta erään bloggaajan kirjoituksista. Tietysti innostuin: minunkin pitäisi päästä mukaan tutkimukseen.

Selvitin tutkimuksesta vastaavan sairaanhoitajan nimen ja soitin hänelle. Pettymys oli suuri, kun hän kertoi asiasta lisää. Koehenkilöiksi otettiin vain Helsingin potilaita. Olin asian vuoksi pitkään harmissani.

Useiden hoitokertojen jälkeen alkoivat sytostaatit pikkuhiljaa vaikuttaa ajatteluunkin. Näin sanoivat kohtalotoverit, ja näin olin lukenut nettisivustoiltakin. ”Chemobrain” on ilmiö nimeltään. Siitä on monenlaista mielipidettä. Taitaa olla niin, että kaikki lääketieteen edustajat eivät sellaisesta käsitteestä innostu lainkaan. Itse en siihen osaa ottaa kantaa.

En tiedä, kertooko seuraava tapahtuma ”chemobrainista” vai muista ymmärtämisongelmista. ”Chemobrainista” kerroin hoitojen aikana blogitekstissäni näin:

”Olin äsken kaupassa ja kävin Alkossakin ostamassa reilun kaupan tuotteita. Tällä viikollahan on reilun kaupan tuotteiden viikko. Huomenna kilpaillaan muita pohjoismaita vastaan siinä, kuinka moni käyttää reilun kaupan tuotteita. Alkossa ostin kaksi pulloa valkoista luomuviiniä Etelä-Amerikasta. Hinta oli yhteensä 16 euroa.

Kaksi pulloa maksaa kaksi rahaa, näin muistan ajatelleeni. Tästä syystä yritin kassalla maksaessani työntää kassanhoitajalle kahta kaksikymppistä. Kassa ei ottanut rahojani vastaan, vaan sanoi pari kertaa uudelleen: ”16 euroa.”

Minä en millään ollut tajuta, ettei maksuksi tarvita kahta kaksikymppistä. Kun viimein sain annettua oikein yhden kaksikymppisen ja kassanhoitaja antoi käteeni vaihtorahat 4 euroa, niin jäin käsi ojossa odottamaan lisää. Ääneenkin sanoin, että en saanut tarpeeksi rahasta takaisin.

Huh, vähänkö nolotti, kun hän selvitti, että 20 euroa annoin ja siitä tulee 4 euroa takaisin, koska hinta oli 16 euroa. Ei auttanut muuta kuin alkaa selittää, että tämä väärinkäsitys johtuu sytostaateista. Ja minulla on varmaan se chemobrain. Taas kassanhoitaja katsoi pitkään ja vähän jo huolestuneenkin näköisenä. Lopetin selittelyn ja pakenin nopeasti paikalta nurkan taakse nauramaan.

Olen muualtakin lukenut, että sytostaatit alkavat vaikuttaa ajatelukykyyn. Sekopäinenhän minä olen aina jonkun verran ollut, mutta nyt voi tätä hoitoa käyttää tekosyynä ajatuksen sekoamiseen. Toivotaan, ettei se tämän pahemmaksi mene."

Kaiken aikaa kuljin eteenpäin hoitopolkua. Tässä vaiheessa syksyä olivat jäljellä vain ne kaksi "bonuskertaa". Esitin edellisellä lääkärin käynnilläni, että viimeiset hoitokerrat olisin voinut saada kahden viikon välein. Se ei käynyt. Edelleen jatkettiin kolmen viikon välein.

Epikriiseissä syksyn ajalta lukee muun muassa näin:

7.10.09 Kontrollikäynti. *Laparoskopia tehtiin kesäkuussa ja siinä yllättäen PAD:ssa diffuusi suurisoluinen B-solulymfooma ja potilas siirtyy meidän puolelle hoitoon. Kaiken kaikkiaan tautia mm. pernassa, pleurassa, peritoneaalisesti, luuydin kuitenkin siisti. Luokitus ST IV, IPI 3- 4. Hyvin laajat tautimassat lähtiessä. Prefaasiterapialla lähdettiin ja nyt on potilas saanut kaiken kaikkiaan viisi Rituximab-CHOP –sytostaattihoitoa.*

Hoidolla on saatu erinomainen vaste ja oikeastaan enää vatsalla yksittäinen imusolmuke, joka vielä pienentynyt 3 cm:stä 2 cm:n viimeisten kuvausten välissä. Veriarvot ovat hyvät ja potilaan vointi on erittäin hyvä. Kokee, että nyt kun sai Neulastaa viimeksi ja saatiin hoidot ajallisesti kulkemaan, niin vointi on vieläkin parempi.

Suunnitelma *Jatketaan ad kahdeksan Rituximab-sytostaattihoitoa. jonka jälkeen kokovartalon CT ja PET-CT ja sitten vo:lle, joka n. nelisen viikkoa viimeisestä hoidosta ja sitä ennen nämä kuvaukset. Sen perusteella vielä katsotaan kokonaislinja, mutta tällä hetkellä näyttää erittäin hyvältä. Neulasta mukana hoidoissa.*

5.11.09 Kontrollikäynti. *Potilas halusi kertoa oireistaan, kun on tullut sydämen tykyttelyä herkemmin ja jonkinlaista hikoilua, jota oli jo taudin toteamisen alkuvaiheessa. Tauti on ollut hyvällä vasteella menossa ja vielä olisi kahdeksas hoito ja joulukuussa PET-CT – tutkimus. Toistaiseksi ei epäillä taudin uusiutumista. Jatketaan suunnitelmien mukaisesti.*

15 Tietokoneella

Internet on tuonut syöpätutkimukset tavallisten ihmisten luettavaksi. Netin kautta voi saada myös yhteyden kohtalotovereihin. Netti on hyvä apulainen, renki, ei isäntä.

- Siellä keskustelupalstoilla kirjoittelee monta sellaista ihmistä, joilla hoito ei ole mennyt hyvin. Ei niitä juttuja kannata lukea. Masentuu vaan. Useimpien hoito onnistuu.

- Elämästään kertovat vain potilaat, joilla on ollut ongelmia.

Tämä oli yhden hoitajan kannanotto, kun sairaalassa ollessani otin esille sen, että voisin etsiä sairaudestani lisätietoa netistä. Hän oli seurannut jonkun verran syöpäjärjestöjen keskustelusivustoa. Se oli siihen aikaan syöpään sairastuneiden kohtaamispaikka.

Tieto helpottaa

Nettiin päästäkseen täytyi odottaa kotiin ja tietokoneelle pääsyä, koska vielä ei älypuhelin ollut käytössä.

Jo ensimmäisen diagnoosin, munasarjasyövän, saatuani olin varovaisesti kurkistellut syöpäjärjestön sivuja. Silloin en ollut uskaltautunut muualle. Aavistelin jo vähän lukemani perusteella tietäväni, että se oli todella vaikea sairaus, jonka ennusteet olivat varsin huonot. Hoitojen aikana olin kuullut lymfoomista omahoitajaltani ja lääkäreiltä.

-Älä vaan nyt mene etsimään tietoa lymfoomista.

Näin varoittelin Leoakin, kun hän istui koneellani tarkkaavaisen näköisenä jotakin etsien.

Pelkäsin sitä, mitä uutta netin kautta voisi paljastua lymfoomastani. En halunnut kenenkään muunkaan etsivän tietoja ja tietävän minua enemmän. Ajattelin, että elän tai kuolen riippumatta siitä, mitä netissä lukee. Ei minun tarvitse saada mitään lisätietoja.

Kukaan lääkäreistä ei kehottanut, mutta ei myöskään kieltänyt itsenäistä perehtymistä sairauteen. Asiasta ei ylipäätään keskustelu. Myöhemmin olin aistivinani, että lääkärit arvostivat sitä, että otin itse selvää sairaudestani. Ei sitä ainakaan mitenkään tuomittu.

Päästyäni netin tutkimisen alkuun innostuin etsimään sekä suomen-, ruotsin- että englanninkielisiä artikkeleita. Halusin tietää, millainen minun sairauteni on, miten ja miksi se syntyy, ja miten sitä voidaan parhaiten hoitaa. Elinaikaennusteesta olin hyvin kiinnostunut.

Diagnoosin takia olin kokenut jonkunlaisia outoja syyllisyyden tunteita, häpeääkin. Epämääräiset tuntemukset ja ajatukset kaihersivat mielessäni.

Kai minä kuitenkin jotakin olen tehnyt väärin, koska syöpä on päässyt kehooni. Pitäisiköhän ruokatottumuksia alkaa muuttaa? Olenko syönyt liikaa sokeria tai naudan lihaa? Olisiko pitänyt syödä enemmän parsakaalia ja muita vihanneksia? Enkö ole ollut tarpeeksi positiivinen? Onko minussa jotakin vikaa, kun en huomannut syöpää ennen kuin se oli pitkällä? Minun pitäisi varmaan alkaa taistella nyt, mutta mitä minun pitää tehdä? Pitäisikö minun alkaa käyttää jotain lisäravinteita tai vitamiineja? Näitä asioita pyörittelin mielessäni.

Netissä liikkuminen ja lisätiedot antoivat outoihin syyllisyyden tuntemuksiin kummallisella tavalla helpotusta. Tieto ei lisännyt tuskaa ja pelkoa. Asia oli päinvastoin. Mitä enemmän opin sairaudestani, sitä helpompi minun oli hyväksyä se. Mitä enemmän tietoa sain syövän, erityisesti lymfooman, syntymisestä, hoidoista ja paranemisen ehdoista, sitä paremmin voin psyykkisesti. Tunsin selättäväni syöpäni, kun tiesin siitä paljon.

Ymmärsin, että lymfoomien syntyä ei voi estää omalla toiminnallaan, asenteillaan eikä elintavoillaan. Samoin on syövän paranemisen kanssa. Vain lääketieteen keinot tarjosivat paranemisen mahdollisuudet. Minun ei tarvitsisi yrittää taistella jollakin epämääräisellä tavalla. Vahvistusta näille ajatuksille löytyi netin artikkeleista.

Netin välityksellä syntyi yhteys muihin sairastuneisiin. Koin itseni osana suurempaa syöpään sairastuneiden joukkoa. Meitä yhdisti syöpä. Olimme syöpäpotilaita. Olimme sattumalta saaneet elämäämme sairauden, jota sairauden keisariksikin sanotaan.

Kieliongelmat haittasivat, mutta sanavarasto kasvoi. Englanninkielistä materiaalia oli tarjolla sekä kirjoitettuina että podcasteina ja videoina. Tutkimustulokset olivat toisaalta pelottavia, toisaalta rohkaisevia. Täydellinen paraneminen sairaudestani oli mahdollista, mutta toisaalta kaikki eivät parane.

Epävarmuudessa eläminen tulisi tämän sairauden kanssa olemaan pitkäaikainen seuralaiseni. Sen kanssa oli opittava kulkemaan päivästä toiseen, sekä minun itseni että lähelläni olevien ihmisten.

Diffuusi suurten B-solujen lymfooma sairautena

Sairauteni DLBCL nimen kirjaimet tulevat sanoista "Diffuse Large B-Cell Lymphoma". Diagnoosissani siihen tuli lisäksi CD 20-positiivinen. Suomalainen nimi on virallisesti diffuusi suurten B-solujen lymfooma. Se on yleisin non-Hodgkin – lymfoomista. Miehillä se on tavallisempi kuin naisilla.

Lymfoomien synnyn syitä ei tiedetä. Lääkärini kertoi kerran vastaanotolla, että vuosittain sairastuneiden määrä lisääntyy. Aasiassa sairastuneita on vähemmän kuin länsimaissa. Kun Aasiasta muutetaan länsimaihin, niin maahan muuttaneidenkin sairastumismäärät kasvavat. Arvellaan, että kyseessä on jonkinlainen länsimaiseen elämänmuotoon liittyvä sairaus. Lymfoomiin ei tunneta ehkäisykeinoja.

Usein lymfooma löytyy, kun huomataan imusolmukealueelta suurentunut ja kova imusolmuke. Minulla ei näitä suurentuneita imusolmukkeita ollut näkyvillä paikoilla. Tautini oli pernassa, vatsakalvolla ja keuhkoissa.

Lymfoomat jaetaan kahteen eri pääryhmään: non-Hodgkin-lymfoomiin ja Hodgkinin lymfoomiin. Ne ovat laaja joukko erilaisia sairauksia, jotka esiintyvät imukudoksessa. Niitä on sekä hidaskasvuisia että nopeasti eteneviä eli aggressiivisia.

DLBCL on sairautena nopeasti etenevä, aggressiivinen. Sen hoito tulee aloittaa heti, kun se löydetään. Muuten se saattaa johtaa nopeasti kuolemaan.

Ymmärsin olleeni lähellä kuolemaa siinä vaiheessa, kun munuaiset olivat lakanneet toimimasta ja minut oli siirretty terminaalihoitoon. Ellei hoitoja olisi aloitettu, niin näin olisi käynyt. Onnekseni vatsaonteloni täyttävästä massasta oli otettu kudosnäyte, josta sairauteni laatu ehdittiin selvittää ajoissa.

Levinneisyytensä mukaan DLBCL jaetaan neljään luokkaan. Minun syöpäni oli levinneisyysluokkaa IV. Se on tässä yhteydessä korkein luokka ja tarkoittaa laajaa levinneisyyttä. Tällöin lymfoomaa on imusolmukealueen ulkopuolellakin. Tautini oli lääkärin mukaan saanut alkunsa pernasta ja lähtenyt sieltä leviämään. Kun lymfoomani löytyi, sitä oli hyvin laaja-alaisesti ja se täytti vatsaontelon. Tietokonetomografian kuvissa oli mahdotonta erottaa syöpämassan takaa eri elimiä.

Lisämääritteenä taudissani oli iso B, joka kertoi siitä, että sairastuessani minulla oli sivuoireita. Minulla oli voimakasta yöhikoilua, mikä onkin yleinen sivuoire. Lisäksi oli huonovointisuutta, sydämen tykyttelyä, yskimistä ja väsymistä. Kaikki keväällä kokemani oireet johtuivat lymfoomasta.

Pahin paikka, mihin lymfooma saattaa iskeä, on keskushermosto eli aivot. Lymfooma aivoissa oli ennen varma kuolemantuomio, mutta siihenkin on kehitetty uusia ja tehokkaita hoitokeinoja.

Kun DLBCL:aa aletaan hoitaa, niin siinä otetaan huomioon niin kutsutut IPI-pisteet. IPI tulee sanoista International Progress Index. IPI-pisteitä lääkärit käyttävät arvioidessaan potilaan ennustetta. Mitä enemmän on pisteitä sairauden löytymisvaiheessa, sitä huonompi on potilaan tilanne. Pisteiden lukumäärä ohjaa hoitojen suunnittelua.

Tietoja pisteistä löytyy muun muassa Suomen Lymfoomaryhmän hoitosuosituksista.

IPI-pisteitä annetaan potilaille yhdestä viiteen. Itselläni näitä pisteitä oli kolme-neljä. Pisteiden määrä riippuu sairastuneen iästä, sairauden levinneisyydestä, potilaan suorituskyvystä ja veressä olevasta entsyymistä nimeltään laktaattidehydrogenaasi eli P-LD.

Minulla edellä mainittua entsyymiä oli runsaasti. Lymfoomaa oli paljon ja monessa paikassa. Lisäksi olin heikossa kunnossa. Suorituskykyni oli huono silloin, kun sairaus löydettiin. Tuskin pystyin kävelemään, syöminen oli lähes kokonaan loppunut, hengittäminenkin oli vaikeaa.

Ikä oli sitä vastoin puolellani: olin vasta 58-vuotias. Yksi piste olisi tullut lisää, jos olisin ollut 65-vuotias.

Syöpäni levisi sisäelimissäni aggressiivisen syövän vauhdilla. Nopeasti etenevän lymfooman kasvua voi kuvata näin: yhtenä päivänä se on appelsiinin kokoinen, seuraavana päivänä kuin kaksi appelsiiniä, tämän jälkeen taas kaksinkertainen eli neljä appelsiiniä ja niin edelleen. Tällaisen vertauksen olin lukenut Burkittin lymfoomasta, joka on vielä aggressiivisempi kuin DLBCL.

Lymfoomani kasvuvauhti oli nopea. Vatsani pullotti päivä päivältä enemmän. Oloni heikkeni vauhdilla. Hengenahdistusta ja yskää oli, koska lymfoomaa oli myös keuhkoissa. Se oli koonnut sinne nestettä. Hikoilun ymmärsin johtuneen lymfooman aineenvaihduntaan liittyvistä asioista.

Kun ihminen saa lymfooman, se pyritään ensisijaisesti parantamaan. Sanotaan, että lymfoomien hoito on kuratiivista. Hoidoissa käytetään erilaisia lääkeyhdistelmiä ja toisinaan sädehoitoa. Lymfoomaan sairastuneet potilaat paranevat usein kokonaan, tai tauti saadaan remissioon eli oireettomaksi.

Syövän ikävä taipumus uusiutua on mahdollista myös lymfoomissa. Kaikki lymfoomat, sekä hitaat että nopeat, voivat uusiutua ensimmäisen hoitorupeaman jälkeen, vaikka näkyvä sairaus olisi silloin saatu tuhottua.

Hitaiden ja aggressiivisten lymfoomien uusiutumisessa on iso ero. Kun hidas lymfooma uusiutuu, niin se voidaan usein saada remissioon ja potilas jälleen oireettomaksi.

Aggressiivisten lymfoomien kohdalla tilanne on huonompi. Joillakin sairastuneilla DLBCL uusiutuu, vaikka ensimmäinen hoito onnistuisi. Silloin autologinen tai allogeeninen hoito on yleensä välttämätön. Autologisessa kantasoluhoidossa kantasolut otetaan potilaalta itseltään. Allogeenisessa kantasoluhoidossa kantasolut saadaan luovuttajalta, joko sukulaiselta tai luovuttajarekisteristä.

Minun hoitoni

Lääkärit tekevät hoidon alkaessa kullekin potilaalle yksilöllisen hoitosuunnitelman. Sen pohjalla ovat yleiset ohjeet. Nämä ohjeet ovat suomalaisten lääkärien laatimat. Ne ovat meidän kaikkien luettavissa netissä Suomen Lymfoomaryhmän sivustolla.

Hoitoni oli nimeltään R-CHOP - hoito. R-CHOP - yhdistelmän jälkimmäinen osio eli CHOP muodostuu neljästä suoniin tiputettavasta lääkkeestä. Niistä kolmea kutsutaan sytostaateiksi eli solunsalpaajiksi.

Näillä myrkyllisillä aineilla oli kauniita, mielestäni lähes sadunhohtoisia vieraskielisiä nimiä, kuin pätkiä runosta. C = syklofosfamidi, H = doksorubisiini, O = vinkristiini, P = prednisoni. Prednisoni on suomeksi kortisoni. Kortisoni oli itselleni tuttu sana ennestään, muut nimet olivat täysin vieraita.

Lääkkeiden tehtävä oli selkeä: ne tuhoavat syöpäsoluja ja estävät niiden kasvua ja jakautumista. Yksinäänkin sytostaatit ovat tehokkaita. Yhdessä suoniin tiputettuina ne alkavat vielä tehokkaammin hävittämään elimistöön kasvaneita syöpäsoluja.

Luonto on edelleenkin läsnä syövän hoidossa. Vinkristiiniä, punaviinimarjamehun näköistä nestettä, saadaan suoraan pikkutalvion ja punakataran lehdistä. Tätä myrkkyä ei pystytä valmistamaan synteettisesti, koska sen rakenne on niin monimutkainen. Hintakin on sen mukainen: yksi gramma maksaa Wikipedian mukaan noin 13 000 euroa.

R kirjainyhdistelmän R-CHOP alussa tarkoittaa rituksimabia. Se on biologinen lääke. Kaupallinen nimi on MabThera. Lääkeinfo.fi kertoo siitä näin: ”MabTheran vaikuttava aine on rituksimabi. Se on tietynlainen proteiini, jota kutsutaan monoklonaaliseksi vasta-aineeksi. Rituksimabi sitoutuu veren tietyntyyppisten valkosolujen, eli B-lymfosyyttien, pintaan. Kun rituksimabi sitoutuu tämän solun pintaan, solu kuolee.”

Rituksimabi on ollut käytössä 90 - luvulta lähtien. Sitä ennen käytettiin pelkkää CHOPia. Prednisonia syödään pillereinä ennen ja jälkeen tiputusten. Se muun muassa vähentää tulehdusoireita.

Sain syöpähoidot kolmen viikon välein. Hoitokertoja oli kahdeksan. Nykyinen hoitosuositus alle 65-vuotiailla on kuusi kertaa kahden viikon välein.

Sytostaattihoitojen ja rituksimabin sivuoireita on pahoinvoinnin lisäksi muitakin, monenlaisia. Pitkässä listassa mainitaan hiusten putoaminen, limakalvovauriot ja luuydinvauriot, vatsan toiminnan häiriöt eli ripuli ja ummetus, silmien limakalvojen oireet, turvotus, muutokset kynsissä, tunnottomuus käsissä ja jalkapohjissa eli neuropatia, lihaskivut ja yliherkkyysoireet. Näiden lisäksi ongelmallista on valkosolujen hidastunut muodostuminen.

Minulle tuli jossakin määrin kaikkia näitä sivuoireita. Pahoinvointi oli vähäisempää, mihin olin varautunut. Sitä vastoin ummetus oli aivan hirveä oire siinä vaiheessa, kun tulin sairaalasta kotiin. Suoleni oli niin tukossa, että luulin, että minun pitäisi lähteä terveyskeskukseen sitä tyhjentämään. Vanhanaikainen suolihuuhteluissa käytetty pussi ja letku pelastivat. Leo senkin asian muisti ja letkun hommasi. Sen jälkeen opin syömään runsaasti luumuja.

Usea tuttavani on saanut R-CHOP-hoitojen jälkeen sädehoitoa. Minulle ei sitä annettu, koska viimeisessä kontrollissa syöpäni oli hävinnyt kokonaan.

Hoitojen aikana opin tuntemaan rituksimabin lisäksi kolme muuta R:llä alkavaa tärkeää käsitettä. Niitä olivat residiivi, relapsi ja remissio. Residiivi ja relapsi tarkoittavat samaa asiaa, sairauden uusiutumista. Remissiolla taas tarkoitetaan sitä, että syöpä saadaan pois, joko parannettua kokonaan tai ainakin joksikin aikaa pois näkyvistä.

Lymfoomia ei yleensä voi leikata. Poikkeuksena on toisinaan yksittäinen suurentunut imusolmuke, joka poistetaan ja siitä otetaan samalla koepala. Minultakin otettiin laajasta lymfoomamassastani vain koepala.

Pelkkä faktatieto lymfoomasta ja sen hoidoista oli kiinnostavaa. Vielä enemmän janosin elävien ihmisten kokemuksia ja kohtaloita. Miten sairaus oli löytynyt? Miten sitä oli hoidettu? Miten sairastuneille oli käynyt? Halusin kuulla vertaiskertomuksia.

Tapausselostuksia ja yhteyksiä kohtalotovereihin

Lymfooma.fi - sivustolla, jota ei internetissä enää ole, oli silloin muutamia tarinoita lymfoomaan sairastuneista. Ne tarinat luin moneen kertaa. Yritin selvittää tarkkaan, miten kaikki oli tapahtunut. Hoidoista oli jo vuosia. Kaikki haastatelluista olivat parantuneet.

Se lohdutti. Harmillista mielestäni oli se, että niissä ei mainittu potilaiden tarkkaa diagnoosia. Puhuttiin vain yleisesti lymfooman sairastamisesta. Olin jo siinä vaiheessa tietoinen siitä, että eri lymfoomilla on keskenään erilaiset taudinkulut ja ennusteet.

Halusin olla aktiivisesti yhteydessä muihin lymfoomaa sairastaviin. Tähän sain apua syöpäjärjestöjen keskustelusivuilta. Tosin siellä ei silloin ollut aktiivisena kovinkaan monia lymfoomapotilaita.

Toisiin lymfoomaan sairastuneisiin sain yhteyden blogien välityksellä. Tärkein tuttavuus oli Etelä-Suomessa asuva ruotsinkielinen bloggaaja. Hän ylläpiti blogia nimeltään "Tankar från sofflocket". Hänen diagnoosinsa oli sama kuin minulla. Hänen sairauspolkunsakin muistutti omaani, mutta hän oli muutaman kuukauden minua edellä.

Soitin hänelle kerran jutellakseni sairaudestani. Oli mukava puhua ruotsia. Meillä Keski-Suomessa ei ruotsia puhuta lainkaan normaalioloissa. Kiittelin kirjoittajaa siitä, että hän oli kertonut sairaudestaan ja sen hoidosta. Minulle siitä oli paljon iloa ja hyötyä.

Tässä "Tankar från sofflocket" -sivustossa oli runsaasti viitteitä muihin nettisivuihin, yleensä englanninkielisiin. Näiden sivujen avulla pystyin perehtymään lisää B-solulymfoomaan ja sen hoitoon.

Muitakin blogikirjoituksia löytyi ruotsiksi. Tutustuin ruotsalaiseen David Gottliebiin, jolla oli sama syöpä. Hänellä se uusi kolmen kuukauden kuluttua hoitojen loppumisesta. Hän kuoli DLBCL:n uusiuduttua neljännen kerran.

David Gottlieb kirjoitti blogissaan erittäin perusteellisesti ja aiheeseen paneutuen lymfooma-asioista. Hänet palkittiin Ruotsin lääkäriliiton tiedonjulkistamispalkinnolla, tosin vasta hänen kuolemansa jälkeen. Hän halusi sivustonsa säilyvän netissä. Sieltä se on edelleen löydettävissä.

Tällä hetkellä yhteyksiä lymfoomaan sairastuneisiin saa parhaiten Facebook-sivustojen kautta. Kahdessa ryhmässä keskustellaan päivittäin kaikesta lymfoomaan liittyvästä. Syöpäpotilaiden Lymfooma-verkosto on toinen lymfoomapotilaille tärkeä foorumi. Se järjestää Facebook-sivun lisäksi koulutuksia ja kokoontumisia ympäri maata. Syöpäsäätiön nettisivuilta, ja muualtakin netistä, on mahdollisuus löytää vertaistarinoita. Tilanne on potilaan näkökulmasta paljon parempi nyt kuin kymmenen vuotta sitten. Nykyään on asuinpaikasta riippumatta mahdollista olla yhteydessä kohtalotovereihin.

Uskon, että vertaistuella voi olla uskomattoman suuri merkitys syöpään sairastuneelle.

- Kun luin sinun tarinasi, niin itsekin aloin uskoa siihen, että voin parantua.

Näin kertoi eräs lymfoomapotilas Lymfooma-verkoston koulutuksessa, kun tapasimme siellä ensimmäisen kerran. Tämä asia oli mukava kuulla.

16 Hoitojen loppu lähestyy

Loppusyksystä ajatukseni kääntyivät hoitojen loppumiseen. Viimeinen vaihe lymfoomani hoidossa oli PET-CT - tutkimus, jota varten piti matkustaa Kuopioon.

- Kaikkea sitä ihminen oppii, jopa käymään sujuvasti syöpähoidoissa.

Näin totesin seitsemännen hoitokerran alkaessa. Minulle oli muutamana kertana aikaisemmin sattunut virheitä: joku lääke oli unohtunut ja jotakin toista olin ottanut liikaa. Lokakuun loppupuolella kotona tehtävät alkuvalmistelut alkoivat mennä sujuvasti.

Aamulla ennen sytostaattihoitoon lähtöä otin hoitoa edeltävän lääkityksen, juuri oikeat lääkkeet, oikeat määrät ja oikeaan aikaan: yksi gramma panadolia ja allergialääke, kaksi ja puoli tablettia kortisonia ja vatsansuojalääke. Muistin myös jättää syömättä tavanomaiset verenpainelääkkeeni, koska tiputus alentaa verenpainetta. Lääkkeet otin tuntia ennen hoidon alkua.

Sitten ajelin omalla autolla Sädesairaalalle. Ilmoittauduttuani pääsin sopivasti suoraan tiputukseen. Hoitohuoneessa tapasin pari tuttavaa. Molemmilla oli hyviä uutisia kerrottavana - hoidot tehoavat ja uusi estolääkityskin on löydetty.

Hoitajien kanssa juttelin lymfooman hoidosta yleisesti. Kevyttä jutustelua: lymfooma ei ole yleensä tappava, toiset paranevat heti, toisia täytyy hoitaa pidempään. Toiset lymfoomat uusiutuvat. Sitten niitä hoidetaan taas. Positiivista ja kannustavaa puhetta. Sitten hoitaja painotti vielä, että jos lääkäri jotain sanoo, niin siihen pitää luottaa. ”Kyllä sinä tästä selviät” tarkoittaa juuri sitä.

Hoito meni hienosti ja tiputukset soljuivat suoniini. Käsien verisuonet olivat pitkien hoitojen myötä heikentyneet. Ongelmia aiheuttivat tälläkin kertaa vasemman käden suonet. Niihin ei voitu pistää kanyyliä, koska ne olivat jo niin heikossa kunnossa. Oikeaan käteen onnistui kanyylin laitto kerralla. Vasemmalla kädellä sain pisteltyä suuhuni tämänpäiväisen ateriani eli kalapuikot, muusin ja salaatin. Maittavaa oli.

PET- CT:n odottelua

Hoitajalla oli tällä seitsemännellä hoitokerralla minulle mieleisiä uutisia. PET-CT-tutkimus oli alun perin suunniteltu tehtäväksi jouluaatonaattona. Se olikin siirretty jo joulukuun 9. päivään. Lääkärin tapaaminen olisi 17. päivänä joulukuuta. Jos kaikki menisi hyvin, niin joulua ja uutta vuotta voisin viettää iloisissa merkeissä. Mahdollista lomamatkaa voisi alkaa tilailemaan lääkärillä käynnin jälkeen.

Marraskuun 18. päivä oli juhlapäivä. Silloin päättyivät sytostaattihoidot.

Viimeisellä eli kahdeksannella hoitokerrallani pääsin puhumaan englantia harjoittelijana olleen romanialaisen sairaanhoitajaopiskelijan kanssa. Puhuin oikein innolla, koska olin mielissäni siitä, että sain näin kätevästi kielen harjoittelutilaisuuden. Hän ihmetteli hyvää englannin kielen taitoani. Totesin hänelle, että se johtuu kyllä suureksi osaksi kortisonista. Hoitoihini kuului kortisoni viitenä päivänä peräkkäin. Kortisoni piristi ja sai minulta kielenkannat aukeamaan entisestään. Ja koko ajan teki mieli jotakin syötävää. Hoitojen kunniaksi kävin kotimatkalla ostamassa ison possumunkin.

Ajelin kaupungin kautta hakeakseni pienestä lankaliikkeestä ikiihania värikkäitä sukkalankoja. Lankakaupan myyjän kanssa jäin suustani kiinni - tietysti puhumaan syöpähoidoista. Hänellekin ne olivat tuttuja asioita, koska lähisukulaisella oli ollut leukemia. Hoidoista oli jo kymmenkunta vuotta. Potilas oli edelleen elossa ja hyvissä voimissa.

Nautin uusista kauniista langoistani ja aloitin uudet villasukat heti kotiin päästyäni. Villapaitojen ja kirjoneulesukkien kutominen, lankaterapia, oli loppusyksystä minun keinoni väsymistä, masennusta ja pelkoja vastaan.

- Muista, että olet joka päivä aina yhden päivän lähempänä tervehtymistä.

Näin sanoi vanha ystäväni. Lohduttava ajatus, tosikin kaiketi, vaikka sitä oli vaikea uskoa.

Kun lepopulssini oli matalalla, päätä ei hiostanut ja olo tuntui viileältä, oli helppo uskoa, että voisi parantua. Kun olotilani oli päinvastainen eli syke oli kova, pää hikosi ja tunsin oloni kuumeiseksi, niin ajatukseni oli toinen. Näin oli erityisesti silloin, jos minua vielä sattui yskittämään. Pelkäsin, että hoidot eivät olleet tehonneet. Pelkäsin, että takaisku olisi mahdollinen.

Viimeinen tutkimus, "loppukoe", lähestyi.

Kotikaupungissani ei näihin aikoihin vielä ollut omaa PET-CT – laitetta. Potilaat lähetettiin tutkittavaksi muualle. Minun paikkani oli Kuopiossa.

Lokakuussa sain kirjeen Kuopion yliopistolliselta sairaalalta. Hoitojen loppusuora tuntui yhtäkkiä olevan aivan lähellä, vaikka tuohon loppututkimukseen olikin silloin vielä runsaat kaksi kuukautta. Onneksi tutkimuspaikaksi oli saatu Kuopio. Toinen minulle esitetty vaihtoehto oli Turku.

PET- CT-kuvaus on hoitojen jälkeen tehtävä viimeinen vastetutkimus. Se kertoo, onko kehossa vielä lymfoomaa vai onko se onnistuttu hävittämään. Ajankohta valitaan siten, että kuvista on mahdollista nähdä viimeisten hoitojen vaikutus. Liian aikainen ajankohta jättäisi liikaa arvailujen varaan. Näin minulle PET-CT:stä kertoi hoitaja.

Pohdiskelin erilaisia skenaarioita liittyen tulevaan tutkimukseen.

Ensimmäisessä skenaariossa kaikki syöpä on kokonaan poistunut. Jäljellä on vain arpikudosta ja kuolleita syöpäsoluja. Tämä olisi paras skenaario. Syöpäsairaanhoitajana toimineen ystäväni mielestä ainoa mahdollinen vaihtoehto - tähän hän kehotti uskomaan.

Skenaariossa numero kaksi kehossani on jäljellä eläviä syöpäsoluja, joita voidaan sädettää. Tällainen valitettava yllätys tuli kaverilleni. Hän joutui käymään vielä kahdeksantoista kertaa sädehoidossa. Optimistisena ihmisenä kestäisin tämänkin skenaarion toteutumisen.

Kolmannessa skenaariossa syöpä oli alkanut uusiutua ja kasvattanut lisää pesäkkeitä.

Tämä kolmas skenaario oli hurja ja pelottava. Tautini lähtökohdat huomioon ottaen se ei ollut lainkaan mahdoton.

Ajatuksissani kävin moneen kertaan läpi näitä kaikkia kolmea skenaariota.

Saamani ajanvarausilmoituksen mukaan minun piti ilmoittautua Kuopion yliopistollisen sairaalan Kliinisen fysiologian ja isotooppilääketieteen osastolla. Mukana tuli olla Kela- ja Potilaskortit.

Siellä tehtäisiin koko kehon PET-TT-tutkimus. Potilasohje kertoo: ”Tässä tutkimuksessa seurataan, minne tutkimuksessa käytettävä radiolääke (18-fluori-deoksi-glukoosi, 18F-FDG) elimistössä kertyy. FDG kertyy kudoksiin, jotka käyttävät sokeria aineenvaihdunnassa. Erityisen voimakasta kertymä on syöpäkudoksissa.”

Tutkimuksen kulusta kerrotaan ohjeessa potilaalle seuraavaa: ”Tutkimusaine injisoidaan kyynärtaipeen laskimoon, jonka jälkeen lepäätte sängyssä noin 50 minuuttia. Varsinainen tutkimus tehdään sairaalan pihalla olevassa rekassa, joka on varustettu PET/TT-kameralla. Kuvaus kestää noin puoli tuntia.”

Sokeriliuosta suoniin ja sitten tutkitaan. Helppo juttu. Etukäteen ajatellen tulosten kuuleminen olisi se kivuliain kohta. Ja sitä joutui odottelemaan vielä toista viikkoa Kuopion reissun jälkeen. Olisiko minulla elimistössäni vielä eläviä syöpäsoluja? Sen saisin tietää ennen joulua.

Kuopiossa

Kuopiossa minut vastaanotti miespuolinen sairaanhoitaja. Miespuolinen hoitaja on harmillisen harvinainen ainakin näissä syöpähoitopiireissä; tätä ennen olin ollut tekemisissä vain yhden mieshoitajan kanssa. Se oli kesällä Sädesairaalajaksolla.

Ongelmana olivat verisuonet. Tällä kertaa tuli henkilökohtainen ennätys. Vasta kuudennella pistolla onnistuttiin menemään suoneen. Syy ei ollut miespuolisen hoitajan, joka teki kolme yritystä, eikä myöskään nuoren reippaan naislääkärin, joka vasta kolmannella kerralla sai iskettyä sopivan reiän. Kyse on vain siitä, että verisuonet alkoivat olla tosi heikossa kunnossa.

Muiden toimiensa ohella hoitajat kertoilivat minulle tutkimuksesta.

PET-tutkimus on ollut käytössä viitisen vuotta. Tämä Kuopion PET-CT-tutkimuksessa käytettävä laite on hollantilaisen yksityisyrityksen omistuksessa. Se seisoo Kuopion yliopistollisen sairaalan pihassa päivän ajan kahden viikon väliajoin. Muulloin se kiertelee Virossa, Latviassa, Ruotsissa ja Norjassa. Suomessa samaa laitetta käytetään Oulussa. Jyväskyläläinen rekkakuski kuljettaa laitteen paikasta toiseen. Laitteen käyttäjä on hollantilainen sairaalateknologiaan erikoistunut mieshenkilö.

Tutkimuskerta maksaa reilut kolmetuhatta euroa. Neljätoista henkilöä ehditään tutkia kello kahdeksan ja kahdeksantoista välisenä aikana. Kone on Kuopiossa koko ajan täystehoisena toiminnassa. Kuopion lääkärit katsovat kuvat ja lähettävät niistä sitten tietoa potilaan omalle lääkärille.

Finnairin lakot ovat aiheuttaneet jonkin verran ongelmia. Tutkimuksessa käytettävä radiolääke tulee Hollannista. Se valmistetaan siellä yöllä ja lähetetään aamuyöstä Suomeen. Silloin pitäisi kaikkien lentokoneyhteyksien toimia. Aina se ei ole onnistunut.

Näitä asioita sairaanhoitaja kertoi minulle samalla, kun hän valmisteli minua tulevaan toimenpiteeseen.

Minulla tämä tutkimus oli “loppukokeen” luontoinen. Hoidot olivat kokonaan ohitse. Nyt oli lopputulos näkyvissä. Siinä olisi hyvä pärjätä parhaalla mahdollisella tavalla. Tätä ajatellen tein täydellisesti ohjeen mukaan.

Sokeriliuoksen tiputuksen jälkeen makasin sairaalan puolella sängyssä vaaditun ajan. Torkahdin pariksikymmeneksi minuutiksi. Hoitaja herätteli minut. Lähdin kävelemään hänen perässään pihalla seisovaan rekkaan. Tutkimukset rekassa olivat myöhässä. Alkua piti odottaa vielä ylimääräinen vartti.

Rekkaan ei mahdu muuta kuin PET- CT-kuvauslaite. Se on suurin piirtein samanlainen kuin tavallinen CT-laite eli puolikaaren mallinen. Selällään makaava potilas kuljetetaan siihen pää edellä ja kädet ylöspäin.

Laitteen hoitaja, hollantilainen sairaalateknikko, tervehti minua kädestä. Sanoin hänelle kohteliaasti:

- Roligt att träffas!

Olin kuullut, että hollannin ja ruotsin kieli ovat hyvin lähellä toisiaan. Oletin hänen ymmärtävän sanani. Muutakaan sanottavaa en keksinyt. Täydellisen totta tämä ei kuitenkaan ollut; ei ole ihan hirveän hauskaa tavata syöpätutkijaa, kun kyse on omassa ruumiissa edelleen mahdollisesti piilevästä vihollisesta.

Asettauduin makaamaan levylle. Kone hurisi ja siirteli minua edestakaisin puolikaaren alla. Välillä se pysähtyi pitkäksi aikaa. Ahtaanpaikankammoisille voi olla ikävä paikka. Onneksi sieltä saattoi tirkistellä laitteen ulkopuolista maailmaa.

Reilun puolen tunnin kuluttua laite pysähtyi. Laitteen hoitaja tuli ilmoittamaan, että saa nousta. Vaihdoin kielen englanniksi, kiittelin ja hyppäsin alas. Oli parasta toimia nopeasti. Seuraava potilas seisoi jo ulkona odottamassa. Illalla rekan oli määrä suunnata kulkunsa Tallinnaan ja tutkijan aika kiirehtiä lentokoneelle ja Tallinnan hotelliin.

Välitilassa

Tulevaisuus syöpähoitojen jälkeen alkoi tässä vaiheessa kiinnostaa entistä enemmän. Oletuksena se, että sairauslomani loppuisi ja pääsisin takaisin työelämään kevätlukukauden aikana.

Koulussamme järjestettiin kerran kuussa rehtorin info. Syksyn aikana ei ollut kertaakaan tullut mieleeni lähteä kuuntelemaan infoa. Työkaverit olivat pitäneet minut hyvin ajan tasalla ja viestitelleet asioista aivan kiitettävästi. PET-CT-tutkimuksen jälkeen lähdin koululle kuuntelemaan kouluni tulevaisuuden suunnitelmia. Lähdin leikkimään tervettä terveiden joukkoon.

Kummallinen tilanne oli tällainen “välitila”. Olinko terve, vai jylläsikö lymfooma vielä iloisesti ja voimissaan ympäri ruumistani? Oliko syöpäsolut selätetty?

Olotila tuntui suurimman osan aikaa täysin terveeltä. Jaksoin lenkkeillä, ja vauhtikin oli alkanut parantua. Ruoka maistui. Päässä ei humissut kuin silloin tällöin. Kipuja ei ollut missään. Vähän yskin, mutta se vaikutti olevan tavallista syysyskää. Mutta kuka voi tietää?

Juttelin terveydenhoitajaystäväni kanssa. Minun pitäisi jo uskaltaa alkaa iloita tervehtymisestä, sanoi hän. Mutta miten tässä iloitset? Päätin yrittää olla puoli-iloinen. Mikä sellainen olotila on? Tätä ihmettelin itsekin. Ajattelin, että minun pitää kaiken aikaa olla varuillani. En saa vielä riemuita hyvistä tuloksista. Pitää jarrutella. Sanotaanhan aina, että pessimisti ei pety. Minä olin tällaisessa olotilassa.

Koululla minut otettiin hyvin vastaan. Kaikki työtoverit olivat täysiloisia ja näyttivät sen. Minä yritin väistellä halailijoita ja taputtelijoita. Infektioita halusin välttää. Ajattelin, että toivottavasti ei jää päälle tämä väistely ja ihmisten “pelkääminen”.

Olin kehitellyt itse itselleni omaa kuntoutumisohjelmaa. Tämä koululla käynti oli osa sitä. Pikkuhiljaa olin päättänyt lisäillä kohtaamisia ja tapahtumia. Halusin kulkea kohti “uutta elämää”.

Suunnittelin käyväni pyörähtämässä Sädesairaalan osasto 31:llä toivottamassa ihanalle ja ammattitaitoiselle henkilökunnalle hyvää joulua. Samalla päätin vierailla päiväsairaalan puolella samoissa merkeissä. Nämä ihmiset ovat pelastaneet minun henkeni. He olivat antaneet minulle toivoa ja rohkeutta niin paljon, että siihen eivät kiitokseni riittäneet.

Gynekologisen osaston lääkäreille teki mieleni lähettää joulukortti. Huolimatta heidän tiedoistaan, jonka mukaan minulla oli kesäkuun alussa elinaikaa vain muutama päivä, olin edelleen elossa ja hyvävointinen. Nämä lääkärit olivat järjestäneet minulle ainutlaatuisen ja todella jännittävän mahdollisuuden kokea erikoisen tosielämän seikkailun: pääsin hoidoista kuolemankammariin ja sieltä takaisin parantavaan hoitoon. Tämä, jos mikä, on sellaista, mitä harva pääsee elämässään kokemaan.

Hoidot loppuvat

17.12.2009 Kirjoitin blogissani näin:

”Niin monta, niin monta
on tielle uupunut.
Niin monta, niin monta
on taistoissa kaatunut!

Lauleskelen mielessäni vanhaa työväenlaulua, kun kuljen 25 asteen narskuvassa pakkasessa keskussairaalan mäkeä Näkövammaisten koulun pihalla seisovalle autolleni. Mieli tekee tanssia ja hypellä. Olen ”terve”.

Tänä aamuna olin kuuntelemassa hoitojen lopputulosta. Kaikki sisälläni riehuneet syöpäsolut ovat kaatuneet taistoissa rituksimabia ja muita myrkkyjä vastaan. Kuopion tohtorit eivät onnistuneet syynäämään esille pienintäkään elävää syöpäolentoa minun sisuskaluistani. Kuvat olivat kauniita ja siistejä, kuten Jyväskylän lääkäri sanoi. Perna oli oikean kokoinen ja näköinen. Samoin muut kehoni alueet, missä syöpäsoluja rönsyili kesäkuussa, kun hoitoja aloiteltiin.

Tänään on seitsemän kuukautta siitä, kun minulla todettiin syöpä. Siitä kolmen viikon kuluttua sain oikean diagnoosin ja alkoi hoito. Minut pelastettiin varmalta kuolemalta. Munuaiseni elvytettiin kaksi kertaa. Suoniini tiputettiin maksimimäärä hoitoja, kahdeksan kovaa R-CHOP-annosta. Sain uuden elämän. Minä "paranin".

Paranemisesta ja terveydestä voi heti hoitojen jälkeen puhua vain lainausmerkeissä. Syövän sanotaan olevan remissiossa eli ei-aktiivisena. Se saattaa uusiutua, mutta saattaa olla, että ei uusiudukaan. Paranemisesta voidaan varovasti puhua kahden vuoden kuluttua, mutta paraneminen on täydellinen vasta sitten, jos sairautta ei ole ollut viiteen vuoteen."

Lääkärin lausunto hoitojen loputtua 21.12.2009:

Diagnoosi C 83 Diffuusi suurten B-solujen lymfooma

Kontrollikäynti *Potilas on 58 v nainen, jolla ollut perussairautena aikaisemmin verenpainetauti. Viime toukokuussa nesteen kertymistä vatsan alueelle ja vyötärölle ja painon nousua ja voimakasta hikoilua. Tutkimuksiin ja gynekologian puolelle todettiin peritoneaalikarsinoosi ja askitesta jonkun verran ja mietittiin suoli- ja ovarioperäistä muutosta. Ca 12 - 5 oli jonkun verran koholla 850 ja Krean nousua ja nopeasti sitten vointi lähti huononemaan ja voimakasta hengenahdistusta. Ajateltiin gynekologista sairautta, mutta lopullisessa PAD:ssa yllättäen diffuusi suurisoluinen B-solulymfooma. Tämän jälkeen potilaalle kiireesti aloitettiin hoidot ja potilas lähti toipumaan. Nyt on saanut 8 x Rituximabi-CHOP –sytostaattihoitoja.*

Sekä subjektiivinen että objektiivinen vaste on ollut hyvä. Nyt potilas on käynyt CT:ssä ja lisäksi PET-CT:ssä, joissa ei aktiiviseen tautiin viittaavaa. Aivan pienet kertymät kylkiluissa oikealla, joita ei aikaisemmin ole nähty. Epäilty traumaperäisiä muutoksia tai ihan normaalia muutosta. Oikealla lisämunuaisesta on löydetty 6 mm kokoinen muutos ja maksassa yksi hypervaskulaarinen pesäke, jotka pysyneet koko hoitojen ajan täysin samanlaisena. Subjektiivisesti potilas sanoo, että on toipunut erinomaisesti. Jonkin verran vielä lenkkeillessä sydämen tykyttelykohtauksia, joihin saanut beetasalpaajaa ja nämä rauhoittuneet. Kuitenkin 6 km lenkkiä nyt jo pystynyt tekemään. Kokee, että sivuvaikutukset ovat olleet kohtuullisia hoidoista eikä neuropatiaa mitenkään erityisesti.

Statuksessa siis nyt jo hyväkuntoinen rouva. Tautiin viittaavaa ei tällä hetkellä nähdä. Jäädään siis seurantaan, joka toteutetaan 3 kk välein. Potilaan kanssa keskustellaan toki, että hän kuuluu uusiutumisriskissä korkeampaan luokkaan. Tarvittaessa ottaa yhteyttä, jos jotakin voinnissa tapahtuu, huononemista tai erikoisempaa. 3 kk kuluttua kokovartalon CT, lymf.pot. seurantaverikokeet ja vo. Sairauslomaa jatketaan vielä tammikuun loppuun saakka.

17 Seurantaa

Lymfooman seuranta-aika on viisi vuotta. Se aika tuntui etukäteen hyvin pitkältä. Työ erityisluokanopettajana alkoi pitkän sairausloman jälkeen.

Lääkäri katseli minua miettiväisen näköisenä. Olin viimeisessä hoitoprosessiin liittyvässä tarkastuksessa syöpälääkärin luona joulukuun 17. päivä vuonna 2009.

- Tämä tauti voi uusia, mutta meillä on sittenkin olemassa erilaisia parannuskeinoja.

- Autologinen kantasoluhoito on ensimmäinen vaihtoehto, joka meillä on käytössä. Ja koska olet vielä niin nuori, niin toinenkin vaihtoehto eli allogeeninen kantasoluhoito on mahdollinen.

Lääkäri oli positiivinen, minä kiitollinen. Kaikki oli hyvin, hoito oli ohitse ja lopputulos selvillä. Lymfooma oli poissa elimistöstäni.

Hänen minulle tarjoama joululahja oli paketoitu kauniisti. Päällä oli sanoma siitä, että nyt oli lymfoomastani saatu ensimmäinen erävoitto. Paketin sisällä oli lupaus siitä, että tulevaisuuttakaan ei tarvinnut pelätä.

Korkea uusiutumisriski

Hautajaiseni olisi pidetty kesäkuussa, ellei aggressiivista lymfoomaa olisi löydetty ajoissa. Lymfoomahoidot olivat tehonneet. Kaikki mahdollinen oli kesän ja syksyn aikana tehty. Nyt tilannettani vain seurattaisiin. Lupauksia lopullisesta paranemisesta ei voitaisi vielä antaa.

Olin jo useamman kuukauden ajan ollut perillä tilanteestani. Olin ymmärtänyt, että minä en kuulunut heihin, joiden viisivuotisennusteena oli itsestään selvästi paraneminen.

Jo syyskuussa muistin ajatelleeni asiaa syksyisellä sieniretkellä. Olisinko minä heitä, jotka selviytyvät? Vaikka hoito onnistuisi, olisi mahdotonta tietää, mitä hoitojen jälkeen tapahtuisi. Epikriisissäni luki, että olin uusiutumisessa korkean riskin potilas. Siihen minun piti tyytyä. Tämän tosiasian kanssa piti oppia elämään.

Syöpämatkani oli tuntunut hallitsemattomalta vuoristoradalta. Istuin avoimessa vaunussa ja kiidin eteenpäin vaunu sinne tänne rynkyttäen ja vauhti kiihtyen. En voinut vaikuttaa kulkuni vauhtiin ja suuntaan. Nyt vihdoin vaunu pysähtyi. Astuin ulos jaloittelemaan. Mitä olisi edessäni tämän jälkeen? Koska vaununi lähtisi taas liikkeelle uudelle pelottavalle radalle? Lähtisikö koskaan?

Salakavala syöpä

Mielessäni oli usein sairastumisen alkuvaihe. Syövän yllättävyys ja salakavaluus oli hämmentävää, pelottavaa ja ahdistavaa.

Keväällä ruumiilliset merkit kertoivat minulle sisälläni riehuvasta lymfoomasta. Korkea lepopulssi ja erityisesti iltaisin ja öisin hikeä tihkuva pää, kuumeileva olo, pitkä, kuiva yskä, vatsakivut ja mahan myllerrys, vatsan turpoaminen, väsymys ja kävelyn hidastuminen. Nämä olivat syövän merkkejä. Niitä en osannut tulkita oikein.

Lääkäritkään eivät osanneet tulkita niiden johtuvan lymfoomasta. Heikkous ja väsyminen tulivat ensimmäisen kerran tajuntaani kevään loppupuolella, samoihin aikoihin alkoi pään hikoilu ja kuumeileva olo.

Ennen omaa sairastumistani olin usein ihmetellyt sitä, että ihmiset eivät huomaa syöpäänsä ajoissa. Olin jopa ajatellut, että he eivät kunnolla huolehdi itsestään, ovat itsensä suhteen välinpitämättömiä. Itseäni olin pitänyt toisenlaisena, vähän parempana: minä kyllä varmasti huolehdin omasta itsestäni ja huomaan möykyt ja oudot olot.

Kuitenkin vielä kaksi päivää ennen sairastumistani olin täysin tietämätön tulevasta. Lauantaina, toukokuun 16. päivänä, järjestimme kirpputorin Ainolassa, asuinalueeni vanhalla tanssilavalla. Päätin lähteä asuinalueen keskustaan houkuttelemaan lisää asiakkaita "elävänä mainoksena". Puin ylleni paperikassin, mihin oli molemmin puolin kirjoitettu mainos kirpparista, ja suuntasin kulkuni kauppojen edustalle. Siellä pyörin muutaman tunnin ajan. En edes väsynyt.

Illalla lähdimme kävellen kaupungille kulttuuritapahtuma Yläkaupungin yöhön. Siellä liikuimme kulttuuritarjonnasta nauttien. Viinin juonti ei maistunut. Loppuyön tanssimme Vakiopaineessa. Kotiin tulimme pitkästi puolen yön jälkeen. Kävelimme Kuokkalan sillan kautta ja nautimme matkaevväänä pizzaa.

Sunnuntaiaamuna nousin kymmenen aikaan tekemään puutarhatöitä. Talossamme oli edellisenä päivänä ollut pihatalkoot. Tunsin lievää huonoa omaatuntoa, koska en ollut ehtinyt osallistua niihin. Keväisen kuuma aurinko lämmitti pihaa, kun haravoin ja kärräsin lehtiä kottikärryillä usean tunnin ajan. Iltapäivällä nukahdin sohvalle syvään uneen.

Seuraavana päivänä eli maanantaina 18.5.2009 menin työterveyslääkärille verenpainelääkkeitä uusimaan. Tiistaina 19.5. minulle sanottiin elämäni muuttaneet sanat:

- Sinulla on syöpä.

Näin salakavala oli syöpäni.

Seuranta alkaa

Seitsemän kuukauden kuluttua toukokuisesta työterveyslääkärillä käynnistä olivat sytostaattihoidot ohitse. Olin remissiossa. Sillä tarkoitettiin sitä, että syöpäni oli toistaiseksi väistynyt. Alkoi viiden vuoden seuranta.

Ajattelin etukäteen tulevia vuosia. Kivinen polku oli edessä. Matkani pää oli jossakin hyvin kaukana, vuorien takana, näkymättömissä. Seuraavat viisi vuotta eivät kuluisi koskaan. Ne oli kuitenkin pakko elää.

Jälkeenpäin miettien aika meni uskomattoman nopeasti. Kontrollit olivat ensin kolmen kuukauden, sitten neljän kuukauden ja sitten puolen vuoden kuluttua. Tämän jälkeen tutkimukset olivat vielä vuoden välein.

DLBCL uusiutuu herkimmin heti hoitojen jälkeen. Tästä syystä kontrolleihin kutsutaan alussa tiheämmin. Tutkimuksiin kuuluvat joka kerta laajat verikokeet. Välillä on kokovartalon CT-tutkimus, välillä taas ultraäänitutkimus. Tutkimusten jälkeen on syöpälääkärin vastaanotto tai puhelinsoitto.

Vastaanotolla syöpälääkäri kertoi verikokeiden ja muiden tutkimusten tulokset. Sitten hän kävi kädellä palpoiden eli tunnustellen tarkasti läpi kaikki imusolmukealueet: leuan ja kaulan seudun, kainalot, nivuset, vatsan.

Ensimmäiselle varsinaiselle kontrollikäynnille verikokeineen ja kokovartalon CT-kuvineen minut kutsuttiin maaliskuussa 2010.

- Kaikki oli kunnossa, sanoi syöpälääkäri.

Hän katsoi minua iloisena ja sanoi spontaanisti:

- Tämä sairaus on nyt voitettu.

- Sinun lymfoomasi oli erittäin aggressiivista laatua. Se olisi jo uusiutunut, jos olisi uusiutuakseen.

- Se on nyt ohitse.

Lääkäri oli hoitanut lymfoomaan sairastuneita nuoria, meitä keski-ikäisiä ja hyvin vanhojakin. Pitkä kokemus antoi hänelle tällaista varmuutta sanomiseen. Virallisesti oli kaiken aikaa kerrottu, että vasta kahden vuoden kuluttua hoitojen päättymisestä voidaan varovaisesti alkaa puhua paranemisesta.

Lääkärini sanoista iloitsin pitkään. Lehdissä puhutaan usein, että syöpätaistelu on voitettu. Minä en kokenut saaneeni taisteluvoittoa, koska minä en ollut taistellut. Olin vain ottanut vastaan hoidot, mitkä minulle oli tarjottu.

Facebookiin kirjoitin ensimmäisen seurantatutkimuksen jälkeen seuraavan päivityksen: ”29.3.2010 Syöpä poissa edelleen, luultavasti onnistuttu kokonaan hävittämään!”

Yhdellä näistä seurantakerroista pyysin vihdoin saada nähdä alkuperäiset CT- ja ultraäänikuvani. Niitä oli haluttu jo aikaisemmin näyttää minulle, mutta en ollut uskaltanut katsoa niitä. Nyt uskalsin:

- Voisinko nyt katsoa niitä CT-kuvia, mitä otettiin siinä alkuvaiheessa?

Lääkäri selasi kuvat esille ja tarkasteli niitä, sanoi:

- Täältä ei voi nähdä mitään elimiä erikseen. Niiden päällä on niin paljon höttöä syöpämassaa. Kaikki sisäelimet ovat sen peitossa.

Itse näin näytöllä olevissa kuvissa vain harmaita pyörteitä mustalla pohjalla.

Verisuoneni olivat rankkojen ja pitkien sytostaattihoitojen jälkeen huonossa kunnossa, arpeutuneet ja kutistuneet. Tämä on yleinen ongelma hoitojakson loppuvaiheessa. Jo usean kerran oli tottuneillakin hoitajilla ollut ongelmia kanyylin laitossa.

Eräällä viimeisimmistä CT-tutkimuskerroista tilanne oli mielestäni lähes koominen, kuin näytelmästä.

Kanyyli piti kiinnittää kyynärtaipeeseeni. Ensin hoitaja yritti viisi kertaa, ei löytynyt suonta. Seuraavaksi hän kutsui paikalle lääkärin, joka monitorista katsellen yritti löytää suoneni ja tehdä siihen reikää. Ei onnistunut.

Hoitajan ja lääkärin yritysten jälkeen paikalle kutsuttiin ”Nukkumatti”, anestesialääkäri. Tyylikäs ja komea, ranskalaisen näköinen lääkärimies asteli vetävin askelin viereeni. Sanaakaan sanomatta hän iski nopeasti ja tarkasti verisuoneeni reiän, kääntyi kannoillaan ja lähti valkoisen takin liepeet liehuen takaisin omiin työtehtäviinsä.

- Ammattimies on aina ammattimies, totesimme hoitajan kanssa.

Takaisin työelämään

Sairauslomani loppui tammikuun viimeisenä päivänä vuonna 2010. Reitti koululle oli tuttu. Sisimpäni oli täynnä onnea ja iloa, kun astelin luokkaan ja aloitin työni.

Ensimmäisen viikon oppitunnit pidin yhdessä sijaisenani olleen opettajan kanssa. Kävimme läpi menneitä kuukausia ja niiden oppisisältöjä ja ajankohtaisia asioita. Pääsin hänen avullaan nopeasti takaisin sisälle opetukseen ja työrytmiin. Olin innostunut - mikään ei tuntunut juuri silloin paremmalta ja oikeammalta vaihtoehdolta kuin normaali elämä.

Viikon sopeutumisjakson jälkeen luokka jäi kokonaisuudessaan vastuulleni. Tunsin olevani siihen tarpeeksi hyvässä kunnossa ja terve. Näin asioiden pitikin mennä, tätä olin odottanut jo pitkään.

Työkaverini olivat tienneet sairastamiseni kulun melko tarkkaan. Alun tunsivat kaikki. Lähdinhän sairaalaan suoraan työpaikalta ja jäin hoidettavaksi saman tien. Olin sähköpostitse koko sairauslomani ajan yhteydessä moniin heistä. Liityin Facebookiin sairastamiseni aikoina. Sitäkin kautta olivat yhteydet säilyneet.

Oppilaanikin tiesivät sairastamisestani. Olin jo toukokuussa sanonut kaikille, että sairastumisessani ei ole salaisuuksia. Siitä saa puhua ääneen ja sen saa kertoa vapaasti asiasta kiinnostuneille.

Vähän välttelin rankimpien vaiheiden kertomista oppilaille, lapsille. Heille kerroin, että olin sairastanut syövän ja minut oli hoidettu terveeksi. Suomalainen syöpähoito onnistui tälläkin kertaa. Syöpähoito paranee koko ajan. Jos isovanhemmille tai muille sukulaisille tulee syöpä, niin ei pidä heti alkaa ajatella kuolemaa. On olemassa monenlaisia hoitomahdollisuuksia. Suurin osa syöpään sairastuneista paranee.

Tukka oli alkanut kasvaa jo viimeisten hoitojen aikana. Kiharaa ei harmikseni tukastani tullut. Väriltään se oli tummentunut, hiukset olivat aikaisempaa paksummat ja karkeammat, ehkä vähän taipuisat. Koulutyön aloittaessani päässäni oli vielä hyvin lyhyt sänki. Mielestäni olin ihan tyylikkään ja modernin näköinen. En halunnut koulussa käyttää peruukkia, koska olin siihen ja sen hiostamiseen ja hautomiseen lopen kyllästynyt.

Sain etukäteen kuulla, että minun olisi parempi laittaa peruukki koulussa päähäni, jotta lapset eivät pelästyisi. Peruukin jätin kuitenkin laatikkoonsa, kun työ alkoi.

Elämä ja koulun arki vetivät minut imuunsa. Taas pidin oppitunteja, istuin opettajainhuoneessa nauramassa hyville jutuille ja suunnittelin Comenius-matkaa ja opetuksen arviointiperusteita. Pitkä sairastamisvaihe alkoi olla muisto vain.

Tukihenkilöksi

Olin itse kovasti kaivannut samaan syöpään sairastunutta tukihenkilöä jo silloin, kun diagnoosina vielä oli munasarjasyöpä. Itselleni oli itsestään selvää, että hoitojen ohi mentyä hakeutuisin tukihenkilöksi.

Kävin erittäin hyvin suunnitellun tukihenkilökoulutuksen ja liityin syöpäyhdistykseen, mitä kautta sain lisäkoulutusta. Toimin tukihenkilönä useammalle lymfoomaan sairastuneelle. Useimmiten keskustelimme puhelimitse, mutta tätä kautta tuli myös uusia kohtaamisia.

Lymfooman sairastaminen oli suonien lisäksi jättänyt jälkensä myös mieleeni. Pelkäsin sairauden uusiutumista. Tunnustelin oireitani ja tuntemuksiani. Kävin Sädesairaalassa ylimääräisissä tutkimuksissa, joita annettiin pyytäessäni. Syöpään viittaavaa ei yhdessäkään tutkimuksessa löytynyt. Koulusta en enää ollut pienelläkään sairauslomalla. En sairastanut edes flunssaa.

Viisi vuotta kului nopeasti. Elin elämääni, hoidin erityisluokanopettajan virkaani, tein suunnittelemamme Comenius-matkan Turkkiin oppilaiden kanssa. Kävin seurantaohjelmaan kuuluvissa kontrolleissa, kokeissa ja lääkärintarkastuksissa.

Seuranta loppuu

Viimeinen Sädesairaalan onkologin tapaaminen oli toukokuussa 2015. Lääkäri lähetti käynnin jälkeen minulle kirjeen. Julkaisin sen Facebook-sivullani koko maailman luettavaksi:

”7.5.2015 Syöpätautien poliklinikka.
Diagnoosi C 83.31 Diffuusi suurten B-solujen lymfooma
Potilaan vointi hyvä. Kliinisessä statuksessa mitään poikkeavaa ei tule esille, veriarvot kunnossa, samoin koko vartalon TT-tutkimus. Hoitojen päättymisestä kulunut nyt 5 vuotta. Seuranta meillä päättyy. Varsinaisia rutiiniluontoisia kontrollitutkimuksia potilaalle ei tarvitse tehdä.”

Poimintoja lääkärien lausunnoista tältä viisivuotiskaudelta, joka jatkui käytännössä viisi vuotta, kolme kuukautta

3.2.2010. Puhelinkontakti. *Vatsan alueella ollut kipuja. Sovitaan UÄ katsottavaksi ja siitä soittoaika.*

18.2.2010. Soitto. *Potilaalle sovitusti soitettu ultraäänivastauksesta. Siellä ei mitään patologista todettu. Vanhat suunnitelmat ja ajanvaraukset voimassa.*

29.3.2010. Kontrollikäynti. *Viimeisen kahden viikon ajan aamuisin herätessä on huomannut pistelyä ja puutumista sormissa silloin tällöin, vaiva on lyhytaikainen eikä sitä esiinny muualla, ei esim. suun ympärillä eikä alaraajoissa. On paljon virkannut ja tehnyt käsitöitä. Kokovartalon CT:ssä edelleen suotuisan hoitovasteen kuva eli tauti on remissiossa. Mikäli puutumisoire jatkossa lisääntyy tai muuttuu pitkäkestoiseksi, kehotetaan ottamaan yhteyttä tänne pkl:lle. Ohjelmoidaan jälleen kokovartalon TT-tutkimus kallonpohjasta nivusiin 3 kk päähän ja lab. kokeet ennen tätä.*

5.5.2010. Puhelinkontakti. *Potilaalta tullut kirje. Hän on käynyt gynekologilla tarkastuksessa 8.4.10, tuossa sitten UÄ:ssä ei mitään poikkeavaa näy mutta kipupaikalla vatsan peitteissä anteroflexaanlisen uteruksen vieressä pitkulainen 4 x 2,5 x 2,5 cm kokoinen pehmeä, mutta ympäristöään kiinteämpi paukura. Tässä kohdalla siis ei UÄ:ssä mitään näy. PET-tutkimuksessa 14.12.09, vatsan UÄ:ssä 16.2.2010 ja koko vartalon CT:ssä 18.3.2010 ei poikkeavaa kuvannu. Ainoa löydös siis kliinisesti todettu hieman kiinteämpi kohta vatsanpeitteissä. Tämä ei varmastikaan ole lymfoomaan, ehkä esim. tiiviimpää rasvakudosta/lipoomaa tai laparoskopiaan liittyvää arpeumaa.*

5.7.2010. Kontrollikäynti. *Vointi on ollut hyvä. Kliinisessä statuksessa ei mitään residivointiin viittaavaa. Lab, arvot ja kokovartalon TT-kuvaus normaalit.*

28.10.2010. Kontrollikäynti, *Vo:lla erittäin hyväkuntoinen rouva. Jatketaan seurantaa.*

11.3.2011. Kontrollikäynti. *Vointi hyvä. Kliinisessä statuksessa mitään erityistä ei tule esille. Vatsan UÄ normaali, samoin Thoraxrtg. Verikokeet kunnossa.*

29.4.2011. Käynti. *Potilas tulee ylimääräiselle vastaanotolle voinnin muutosten vuoksi. Hyvin lievä painonnousu ja lievä lisääntyminen yöhikoilussa. Oireet huolettavat potilasta. Aikaistetaan CT tehtäväksi esim. n. kuukauden kuluessa.*

18.5.2011. Puhelu. *Soitetaan CT-tulokset: ei viitettä residiivistä.*

11.8.2011. Lymfoomakontrolli. *Vointi ollut oikein hyvä, virkeä ja pirteä on. Edeltävästi nyt käynyt vatsan UÄ:ssä, thorax rg:ssä. jossa ei poikkeavaa. Verikokeet samoin kunnossa.*

10.2.2012. Kontrollikäynti. *Vatsan CT: sä ei poikkeavaa. Seuranta jatkuu.*

23.5.2012 Puhelu. *UÄ:ssä ei tautiin viittaavaa.*

22.8.2012. Ylimääräinen vast. otto. *Potilaasta tuntuu, että vatsa on alkanut turpoamaan. Kliinisesti mitään residivointiin viittaavaa ei tule esille statuksessa. Verikokeet normaalit. Potilaalla ei kuumeilua. Tilataan koko vartalon TT-kuvaus.*

11.9.2012 Soitto. *Potilaalle sovitusti soitettu vartalon CT-tutkimuksesta. Siellä ei merkkejä perustaudin aktivoitumisesta. Seuraava kontrolli suunniteltu joulukuussa 2012, tuolloin UÄ, natiivi-thx-rtg, nämä ajat voimassa.*

29.11.2012. Kontrollikäynti. *Thoraxkuva siisti. Vatsan UÄ-tutkimuksessa ei poikkeavaa.*

20.5.2013 Kontrollikäynti. *Mennyt jo 3,5 vuotta, kun hoidot stage 4 laaja-alaisen B-solulymfooman vuoksi loppuneet. Seurannassa ei residiivin merkkiä.*

Nyt potilaalla tarkistettu laajasti labrat, kaikki kauttaaltaan normaalit.

Vast.otolla erittäin hyväkuntoinen rouva. Puhelias ja iloinen. Tunnen potilaan ihan alkutaudin toteamisesta ja hän on ihan eri ihminen tällä hetkellä.

Statuksessa ei tule mitään erikoista esille. Kaikki pinnalliset imusolmukealueet vapaat. Auskultaatiossa täysin normaali löydös. Maha pehmeä ja aristamaton.

Seuraavaan kontrolliin otetaan nyt vuoden kuluttua. Tuolloin katsomme vatsan UÄ:n, keukokuvan ja lymf. labrat, Jos potilaalle tulee joku ongelma, hän aktiivisesti ottaa yhteyttä.

21.5.2014. Kontrollikäynti. *Vointi hyvä. Veriarvoissa normaali löydös. Palpoiden kaulalla, soliskuopissa, kainaloissa tai nivustaipeissa ei tunnu poikkeavaat.*

Meille kontrolli 1 vuosi, koko vartalon CT, lymfoomalabrat. Mikäli residiiviä ei ilmaannu, seuranta sädesairaalassa tuolloin päättyy.

7.5.2015. Väliarvio. *Potilaan vointi hyvä. Kliinisessä statuksessa mitään poikkeavaa ei tule esille, veriarvot kunnossa, samoin koko vartalon CT-tutkimus. Hoitojen päättymisestä kulunut nyt 5 vuotta. Seuranta meillä päättyy. Varsinaisia rutiiniluontoisia kontrollitutkimuksia potilaalle ei tarvitse tehdä.*

18 Haartmanin sairaalassa

Sairastuin Helsingissä äkillisesti. Minut lähetettiin Jyväskylään ja tutkittiin perusteellisesti Keski-Suomen keskussairaalassa.

Oli kulunut reilut kaksi vuotta Sädesairaalan kontrollien loppumisesta, kun aloin tuntea itseni hyvin väsyneeksi. Oli vuoden 2017 joululoman viimeinen viikko. Maanantaina minun oli tarkoitus mennä kouluun ja jatkaa erityisopettajana Helsingin Kontulassa.

Eläkkeelle päästyämme olimme Leon kanssa lähteneet Helsinkiin. Halusimme vielä jatkaa työelämässä. Hoidin erityisopettajan sijaisuuksia ja nautin suuren kaupungin vilinästä suunnattomasti.

Huono kunto väsytti

Olimme illalla kyläilemässä veljentyttöni luona. Kun kiipesin hänen neljännen kerroksen asuntoonsa, oli loppumatka todella tuskallinen. Kolmannesta kerroksesta ylöspäin jouduin vetämään itseäni kaiteesta kiinni pitäen. Jalkani eivät enää nousseet portaissa. Ylhäällä sydän hakkasi ja hengitin puuskuttaen.

Huono kunto ihmetytti. Joulun aikaan oli tosin ollut kovat pakkaset, ja ulkona liikkuminen oli jäänyt vähäiseksi. Lisäksi pari kylkiluutani oli murtunut kaaduttuani kadulla pari viikkoa ennen joululomaa. Sekin oli vaikeuttanut liikkumistani.

Päätin mennä työterveyslääkärille jo seuraavana päivänä, perjantaina.

Työterveyslääkäri katseli minua vähän epäileväisenä, kun kerroin oireistani; väsynyt olin, vähän nuhaa, ei muuta sen erikoisempaa. Kerroin hänelle lyhyesti sairastumisistani, lymfoomasta ja murtuneista kylkiluista.

- Otetaan varmuuden vuoksi ne verikokeet. Menette laboratorioon. Se on tässä samassa talossa.

Verikokeet otettiin. Laboratoriossa käynnin jälkeen kävelin Helsinginkatua Sörnäisten asemalle. Sieltä ajelin metrolla Itäkeskukseen. Olin menossa kahville kavereideni kanssa. Illalla lähtisin Leon kanssa Jyväskylään viikonlopun viettoon.

Puhelin soi, kun olin Itäkeskuksessa.

- Verikokeen tulokset ovat tulleet. Nyt on sellainen tilanne, että teidän pitää heti mennä Haartmanin sairaalaan. Olen soittanut sinne ja laittanut lähetteen. Tietävät tulostanne.

- Verikokeissa näkyi jotakin ongelmia. Soittivat laboratoriosta tulokset minulle.

Työterveyslääkärin ääni oli hätäisen oloinen. Soitto oli toinen kerta. Ensimmäistä soittoa en ollut kuullut meluisassa kahvilassa.

Mitä ajattelee lymfooman sairastanut henkilö tällaisessa tilanteessa? Ainoastaan sitä, että nyt on lymfooma uusiutunut. Aggressiivisen lymfooman uusiutumisessa ei ole vaihtoehtoja. Hoidot pitää aloittaa välittömästi. Voisin myös olla saanut jonkun toisen syövän. Leukemia on hyvin mahdollinen seuraus kovista lymfoomahoidoista. Sekin saattaa olla aggressiivinen ja vaatia välitöntä hoitoa.

Soitin saman tien Leolle ja kerroin tilanteesta. En pääsekään lähtemään tänä iltana Jyväskylään. Täytyy mennä Haartmanin sairaalan päivystykseen.

Ensin Haartmanin sairaalaan, sitten Jyväskylään

Leo lähti mukaani Haartmanin päivystykseen. Asuimme lähellä sairaalaa ja menimme sinne kävellen. Siellä istuimme ja odotimme. Bussit Jyväskylään menivät. Me emme ehtineet niihin mukaan.

Vasta iltamyöhään pääsin tapaamaan lääkäriä. Ajattelin, että ilmeisesti en olekaan välittömässä kuolemanvaarassa, koska jouduin odottamaan niin kauan. Verikokeita oli otettu monta pulloa heti saavuttuani, mutta kukaan ei kertonut niiden tuloksista.

Tutkimuksen jälkeen lääkäri määräsi minulle punasolutankkauksen. Sain suoniini kaksi pussillista verta. Jäin sairaalaan. Yön palelin päivystyksen kylmän potilashuoneen reunapetillä. Tammikuinen tuuli puhalteli huonosti tilkityistä ikkunoista. Untani häiritsi jännityksen lisäksi huoneen melu.

Lääkärit tulivat keskellä yötä keskustelemaan kanssani mahdollisesta siirtämisestäni Jyväskylään jo samana yönä. Ambulanssilla vietäisiin. Helsingissä ei vieraspaikkakuntalaisia tutkita, vaan tarkemmat tutkimukset pitää tehdä kotipaikkakunnalla. Tutkimukset pitäisi aloittaa heti.

Veritankkaus piristi. Aamulla päivystävä lääkäri lupasi, että voisin lähteä samana päivänä bussilla Jyväskylään. Olihan minulla saattajana Leo. Oloni oli varsin virkeä veritankkauksen jälkeen, ja jaksoin istua bussissa aivan normaalisti. Sairaalaan menoa varten kirjoitettiin lähete. Sinne pitäisi mennä tutkimuksiin seuraavalla viikolla.

Olin ajatellut soittaa itse Sädesairaalaan maanantaiaamuna, mutta en ehtinyt. Sain puhelun sairaalasta varhain: tutkimuspyyntö oli tullut viikonlopun aikana ja toimiin oli ryhdytty heti. Samalle viikolle oli määrätty verikokeita, kokovartalon CT eli tietokonetomografia ja kolonoskopia. Seuraavalla viikolla olisi syöpälääkärin vastaanotto.

Kerroin, että olin työelämässä ja töihin pitäisi päästä viikon kuluttu. Sairaslomaakin olin saanut vain viikon. Eikö mitenkään olisi mahdollista saada lääkärin luona käynti samalle viikolle? Hetken kuluttua minulle soitettiin sairaalasta uudelleen. Kyllä. Kaikki tutkimukset ja myös lääkärin vastaanotto järjestyivät samalle viikolle.

Tutkimukset olivat minulle muuten tuttuja, mutta kolonoskopiassa olin ensimmäistä kertaa.

Alkuviikosta kävin verikokeissa ja kokovartalon tietokonetomografiassa. Keskiviikkona join keltaista sitruunalle maistuvaa nestettä ja istuin illan vessassa. Suoli piti puhdistaa tutkimusta varten. Kolonoskopiaan pääsin torstaina.

Kolonoskopia tarkoittaa suoliston alaosan tähystystä. Sillä pystytään selvittämään suolen ja osittain vatsan alueen tilanne. Olin jo Haartmanin sairaalassa päässyt siihen käsitykseen, että tällä kertaa epäiltiin verenvuotoa suolistossa. Se tarkoittaisi syöpää jossakin suolen tai vatsan alueella.

Kolonoskopian teki lääkäri, joka tunnetusti oli kokenut ja taitava. Sen kivuliaisuudesta olin kuullut monia kauhutarinoita. Minua tutkimus ei pelottanut. Enemmän pelkäsin sitä, mitä suolestani saattaisi löytyä.

Ennen tutkimusta sain lievästi rauhoittavan ja rentouttavan pillerin. Sitten asetuin pöydälle makaamaan. Tutkimuspöydän vierellä seisoi tutkivan kirurgin lisäksi kaksi muuta lääkäriä. Kaikki tarkkailivat hievahtamatta monitoria. Kamera kulki suolten mutkissa, kiemurteli sinne tänne. Itsekin näin monitorista sen kulun. Kipua en tuntenut, mutta ei tutkimus suuri nautintokaan ollut.

Lopputulos rauhoitti mieleni:

- Mitään syöpään viittaavaa ei löydy. Ei edes adenoomia, joista voi ajan kanssa kehittyä syöpää.

- Tätä tutkimusta ei tarvitse tehdä uudelleen kymmeneen vuoteen. On niin puhdas suoli. Täältä näkyy selvästi, että mitään sairauteen viittaavaa ei täällä ole.

Sädesairaalan syöpälääkärin vastaanotolla perjantaina kuulin viikon tutkimusten yhteenvedon.

- Kolonoskopiassa ei ole mitään poikkeavaa.
- CT-kuvissa ei ole lymfoomaa näkyvissä.
- Muutakaan syöpään viittaavaa ei kuvissa näy.
- Hemoglobiini on lähtenyt nousuun.

Hemoglobiinini oli viikkoa aikaisemmin Haartmanin sairaalassa ollut 67. Arvon pitäisi olla pitkälti yli sadan. Veritankkauksen jälkeen se oli alkanut lähestyä normaalia.

Minulla ei ollut syöpää. Minulla oli graavi anemia. Syyksi löytyi ainoastaan se, että ravinnossani ei ollut ollut tarpeeksi rautaa.

Helpotus oli suunnaton. Yksin kotona ollessani olin jo ehtinyt miettiä läpi kaikki vaihtoehdot. Vähän nolottikin.

Söin lääkärin määräyksestä kaksi purkillista tavallisia rautalääkkeitä. Parin kuukauden kuluttua oli hemoglobiini normaali. Sädesairaala seurasi hemoglobiinin nousua. Verikokeet sain ottaa Helsingin työterveydessä, ja ne lähetettiin faxilla Sädesairaalaan, mistä syöpälääkäri soitti minulle ja kertoi tulokset.

19 Miksi juuri minä?

Syöpähoitojen jälkeenkin on elämää. Kuolema on jossakin kaukana. En pelkää.

Miksi juuri minä sairastuin? Tätä asiaa en sairastuessani juuri ollenkaan miettinyt. Edelleen mietin, miksi juuri minä paranin. Miksi juuri minun lymfoomani ei ole uusiutunut? Miksi juuri minä olin niin onnekas, että selviydyin, vaikka lähtökohtani olivat hyvin huonot?

Oma vastaukseni voisi olla näin: Lymfooman hoitoni onnistui täydellisesti. Hoidossani käytetty lääkeyhdistelmä oli täysin sopiva minun sairauteni hävittämiseksi. Onnistuin välttämään infektiot, jotka olisivat voineet olla kohtalokkaita.

Lääkärien vastauksia en tiedä. Ehkäpä vastaus olisi: ”Sattumaa, se on vain sattumaa” tai ”Sait hyvät lääkkeet”. Uskovainen voisi vastata: ”Jumala pelasti” tai ”Sinun uskosi pelasti”. Uskomuksiin luottava voisi puolestaan antaa vastauksen: ”Sinä jaksoit taistella etkä luovuttanut” tai ”Sinulla oli positiivinen asenne”.

Syövän jälkeen

”Mitäkö olen tehnyt syövän jälkeen? Kannattavaa bisnestä, ja kaksi poikaa.”

Keski-ikäinen terveen näköinen mies istuu kuvassa mustalla tuolilla ja katsoo silmälasiensa yli. Kuva ja teksti ovat Suomen Syöpäpotilaiden kampanjajulkaisussa Yksin. Yhdessä.

Ollessani vasta syöpään sairastunut katselin tätä kuvaa ja ihmettelin. Kuinka oli mahdollista, että joku on näin terve syövän jälkeen? Ei tämä voi olla totta. Keksittyä on koko juttu. Ihmisiä vain yritetään lohduttaa jakamalla tällaisia esitteitä.

Nyt minulle itselleni voitaisiin tehdä sama kysymys:

- Mitä sinä olet tehnyt syövän jälkeen?

Vastaukseni tähän kysymykseen on pitkä. Olen ollut toimelias kuluneiden vuosien aikana:

- Olen ollut työelämässä, opettajan töissä, lähes yhdeksän vuotta. Olen toiminut äitini omaishoitajana hänen viimeisinä vuosinaan. Olen saattanut äitini haudan lepoon. Olen käynyt ulkomaanmatkoilla Leon kanssa. Olen iloinnut poikani ensimmäisestä vakituisesta työpaikasta.

Olen virkannut kymmeniä sytomyssyjä Kyllön osastolle viisi, kuunnellut luentoja lymfoomista, toiminut tukihenkilönä syöpään sairastuneille, ollut aktiivinen toimija useassa järjestössä ja lukenut ison kasan kirjoja. Itsekin olen kirjoittanut sairastumiskokemuksestani.

Näiden lisäksi olen osallistunut aktiivisesti Facebookin syöpäryhmien keskusteluihin. Omalla paranemistarinallani olen halunnut antaa lohtua ja toivoa muillekin lymfoomaan sairastuneille.

Lymfoomasta puhuminen on ollut osa kuntoutumistani. Olin heti sairastuttuani mukana Keski-Suomen syöpäyhdistyksen keskusteluryhmässä. Sain koulutuksen vertaistukihenkilöksi ja olin viikon syöpäjärjestöjen järjestämällä kuntoutuskurssilla. Näissä ryhmissä olen saanut työstää ajatuksiani ja pelkojani uudessa elämäntilanteessa.

Olenko parantunut vai olenko vain remissiossa?

Onkologit olivat jo vuosien ajan sanoneet, etteivät usko lymfoomani enää uusiutuvan. Minun oli vaikea luottaa heihin. Yllättävän hemoglobiinin laskun jälkeen halusin edelleen saada tietoa lymfooman uusiutumisesta. En halunnut, että se pääsisi yllättämään toisen kerran.

Löysin netistä laajan englanniksi kirjoitetun ranskalaisen tutkimuksen, jossa tutkimusaiheena oli DLBCL:n myöhäinen uusiutuminen.

Diffuusi suurisoluisen B-solulymfooman saattaa uusiutua viiden ja jopa vielä kymmenen vuoden jälkeen. Tosin uusiutumat ovat äärimmäisen harvinaisia. Useimmiten lymfoomat uusiutuivat henkilöillä, joiden sairaus oli ensimmäisellä kerralla paikallinen.

Tieto helpotti. Minun ei tämän tiedon mukaan pitäisi olla vaarassa, koska minun lymfoomani oli löytyessään hyvin laajalle levinnyt. Uusiutuminen olisi äärimmäisen erikoinen tapahtuma.

Elämä jatkuu

Aggressiivisesta lymfoomista puhuttaessa ei sana kuolema ole täysin vieras. Kaikkia sairastuneita ei onnistuta parantamaan. Tuttavapiiristänikin on kuollut muutama diffuusiin suurisoluiseen B-solulymfooman sairastunut. Heidän sairautensa on uusiutunut pian hoitojen jälkeen. Vain yhdelle heistä ehdittiin antaa kantasoluhoito. Mutta moni DLBCL:n sairastanut elää ja voi hyvin.

Nykyään ei puhuta terminaalihoidosta. Tämän hetken sana on palliatiivinen hoito. Sillä tarkoitetaan oireen mukaista hoitoa. Toinen käytössä oleva sana on saattohoito. Sitä käytetään, kun potilas on lähellä kuolemanhetkeään.

Täydellinen paraneminen diffuusista suurisoluisesta B-solulymfoomasta on mahdollista. Se on myös todennäköistä. Suurin osa sairastuneista selviää. Lymfoomia tutkitaan maailmalla ja Suomessa. Hoidot ja lääkkeet kehittyvät. Niiden myötä sairaudesta tervehtyvien määrä kasvaa kaiken aikaa.

Olen onnellinen, koska asun maassa, jossa lymfoomien hoito on ensiluokkaista ja tasalaatuista. Ympäri maata toimii monia syöpälääkäreitä, jotka ovat erikoistuneet lymfoomien hoitoon.

Olen kiitollinen saamistani kalliista syöpähoidoista. Niiden hinta jonkun laskelman mukaan oli yhteiskunnalle ainakin parin pikkuauton verran. Syövän sairastaneet tuttavani kertovat muuttuneensa sairastamisensa jälkeen ”iloisiksi veronmaksajiksi”. Niin minäkin. Sairastuessaan vakavasti ihminen saa todellisen vastineen maksamilleen verorahoille.

Ihmisen sisällä rikkoontuu kuolemattomuuden illuusio vakavan sairastumisen kohdattua hänet. Kuolemisen mahdollisuus tulee todeksi ja lähelle. Hän tietää, että voi kuolla koska tahansa.

Minultakin syöpä vei illuusion omasta kuolemattomuudestani. Tunsin olevani kuin vereslihalla ajatellessani lähestyvää kuolemaa.

Luotto elämän jatkuvuuteen oli mennyt.

Pitkään luulin, että kuolemattomuuden illuusio hävisi minusta lopullisesti. Vuosien myötä olen kuitenkin saanut luottamuksen elämään takaisin.

Enää ei kuolema istu olkapäälläni kolkuttelemassa. En pelkää omaa kuolemaani tai kuolemistani. Muut kuolevat. Minun oma kuolemani on jossakin kaukana tuntemattomassa tulevaisuudessa, vuosien päässä.

Lymfooman uusiutumistakaan en enää pelkää. Olen terve. Nautin elämästä. Elämäni kulkee päivän ja hetken kerrallaan. Elän rohkeasti, iloisena menneestä ja tulevaisuuteen luottaen.

Poimintoja epikriiseistä 6.1.2017-23.2.2017:

6.1.2017. Päivystys. *Etäkontakti. Haartmanin sairaalasta sisätautipäivystäjälle soitetaan potilaasta. Todettu anemia HB 67 eilen. MCV 79, muut solulinjat ilmeisesti ok. Väsymystä itsenäisyyspäivästä lähtien. Haartmanissa tiputettu 1 yksikkö punasoluja ja HB nyt 86. Vointi muuten hyvä, ei viitteitä akuutti vuodosta, thorax siisti, muita tutkimuksia ei saada sieltä järjestettyä. Suunnitelmana tiputtaa vielä toinen punasoluyksikkö ja kotiuttaa potilas. Potilas tällä hetkellä töissä Helsingissä. Konsultoitu jatkohoidosta. Pyydetty laittamaan tekstit syöpätautien puolella lähetteeksi, onko anamneesi huomioiden syytä tehdä alkuselvittelyt tätä kautta. Tarvittaessa päivystykseen arvioon, jos vointi heikkenee.*

9.1.2017. Syöpätautien poliklinikka. *Decursus. Potilaalla aikaisemmin hoidettu lymfooma. Tilataan nyt kolonoskopia, koko vartalon TT sekä verikokeet ja potilas vastaanotolle.*

12.1.2917. Syöpätautien poliklinikka. Diagnoosi C 83.31 Lymfooma malignum (anemisoituminen) *Tulee anemisoitumisen takia jatkoselvittelyihin. Nyt käynyt koko vartalon TT-kuvauksessa, jossa mitään lymfooman relapsiin viittaavaa ei tule esille. Kolonoskopia on täysin normaali. Verikokeissa Hb pysynyt nyt ennallaan ollen 106. Kliinisessä statuksessa potilaan kohdalla mitään poikkeavaa ei tule esille.*

Aloitetaan Retafer 2 tablettia vuorokaudessa. Käy viikon kuluttua Helsingissä työterveydessä verikokeissa ja seuraavalle viikolle meille soittoaika. Jos kunnossa tapahtuu jonkinlainen huononeminen, hakeutuu uudelleen päivystykseen Helsingissä. Tarkistetaan noissa seuraavissa verikokeissa La, sekä seerumin bilirubiini. Jos Hb alkaa jälleen laskea selvästi, täytyy harkita lisätutkimuksia, kuten luuydinnäytteitä ja gastroskopiaa.

***23.1.2017 Puhelu. Syöpätautien poliklinikka.** Potilaan Hb 112. Jatkaa rautaa 2 tbl/vrk. Käy kk:n kuluttua Helsingissä työterveysasemalla verikokeissa. Lähettävät faxilla tulokset tänne meille ja sitten meille soittoaika.*

***23.2.2017 Puhelu. Syöpätautien poliklinikka.** Hb 135. Jatkossa ottaa yhden rautatabletin päivässä. Meille ei uusia kontrolleja.*

Lähteet

Kirjoitusvaiheessa apunani ovat omien muistiinpanojeni, blogikirjoitusteni ja facebook-merkintöjeni sekä keskussairaalalle tekemäni potilasmuistutuksen lisäksi olleet seuraavat tekstit:

Gottlieb, David. (2009). gottlieb-david.blogspot.com.

Jyrkkiö, Sirkku - Javanainen, Marika – Rosenberg, Leena. (2015). Lymfoomapotilaan opas. Suomen Lymfoomapotilaat.

Jyte. Jyväskylän yhteistoiminta-alueen terveyskeskus. (2009). Yleislääketiede. Sairaskertomukset ja epikriisit. Leena Ruotonen. Jyväskylä.

Keski-Suomen sairaanhoitopiiri. (2009). Johtajaylilääkärin saatekirje muistutukseen.

Keski-Suomen sairaanhoitopiiri. (2009). Vastine Leena Ruotosen 6.7.2009 tekemään muistutukseen.

Keski-Suomen sairaanhoitopiiri. (2009). Naistentaudit ja synnytykset. Sairaskertomukset ja epikriisit. Leena Ruotonen. Jyväskylä.

Keski-Suomen sairaanhoitopiiri. (2009). Sisätaudit. Sairaskertomukset ja epikriisit. Leena Ruotonen. Jyväskylä.

Keski-Suomen sairaanhoitopiiri. (2009 - 2015). Sädehoito ja syöpätaudit, Sairaskertomukset ja epikriisit. Leena Ruotonen. Jyväskylä.

Larouche, Jean-Francois et al. (2010). Lymphoma Recurrence 5 Years or Later Following Diffuse Large B-Cell Lymphoma: Clinical Characteristics and Outcome. JOURNAL OF CLINICAL ONCOLOGY. American Society of Clinical Oncology.

Leppä, Sirpa - Aromaa-Häyhä, Annikki – Hernberg, Micaela – Karjalainen-Lindsberg, Marja-Liisa – Kuittinen, Outi – Kuittinen, Hanne – Lapela, Maria – Mannisto, Susanna, Marin, Katja – Pasanen, Annika – Pollari, Marjukka – Vasala, Kaija ja Jyrkkiö, Sirkku (Työryhmä 2019). Nopeakasvuisten B-solulymfoomien hoitosuositus. Suomen lymfoomaryhmä.

Lääkeinfo.fi. (2019). MabThera. Injektioneste, liuos 1400 mg. Pakkausseloste.

Pohjois-Savon sairaanhoitopiiri. Kuopion yliopistollinen sairaala. (2009). Koko kehon PET/TT-tutkimus. Ajanvarausilmoitus ja potilasohje.

Riihijärvi, Sari ja Leppä, Sirpa. (2014). Diffuusin suurisoluisen B-solulymfooman ennustetekijät ja hoito. Lääketieteellinen aikakauskirja Duodecim 2014. Numero 21.

Salonen, Jonna. (2018). Suurisoluinen B-solujen lymfooma eli imukudossyöpä. Lääkärikirja Duodecim, Terveyskirjasto.

Suomen syöpäpotilaat ry. (1998). Yksin. Yhdessä. Kampanjamateriaali.

Tankar från sofflocket. (2008 - 2013). www.kicka.wordpress.com.

Viitala, Hanna ja Bingham, Clarissa (2016). Syöpäpotilaan ravitsemusopas. Käytännön ohjeita syövän hoidon aikana. Suomen Syöpäpotilaat.

Wikipedia. (2017). CHOP.

Wikipedia. (2020). Vinkristiini.